AS MELHORES PIADAS DO PLANETA... E DA CASSETA TAMBÉM!

2

OBJETIVA

CASSETA & PLANETA É:
Beto Silva, Bussunda, Cláudio Manoel,
Helio de La Peña, Hubert,
Marcelo Madureira e Reinaldo.
http://www.cassetaeplaneta.com.br

Direitos em língua portuguesa adquiridos por
Editora Objetiva LTDA.
Rua Cosme Velho, 103 – Rio de Janeiro – RJ – 22241-090
Tel.: (021) 556-7824 – Fax: (021) 556-3322
http://www.objetiva.com

REDAÇÃO FINAL
Beto Silva

CAPA
Pós Imagem Design

PROGRAMAÇÃO VISUAL,
ILUSTRAÇÕES E ANIMAÇÃO
Jorge Cassol e Felipe Simon

CARICATURAS DE CASSETA & PLANETA
Osvaldo Pavanelli

REVISÃO
Tereza de Fátima da Rocha e
Sandra Pássaro

1998

2 3 4 5 6 7 8 9 10

AS MELHORES PIADAS DO PLANETA... E DA CASSETA TAMBÉM!

2

OBJETIVA

Prefácio

O primeiro livro de piadas do Casseta & Planeta foi um sucesso. Milhões de exemplares vendidos em todo o mundo. E toda vez que um livro faz sucesso é natural que se faça o número dois, a seqüência, a revanche, a volta, a missão. Mas poucos sabem das dificuldades para realizar esse plano. O dinheiro arrecadado com o livro transformou da noite para o dia diversos personagens de anedota em milionários, verdadeiros pop-stars. Gente despreparada que com o sucesso ficou besta e cheia de cocô na bunda.

Para participar do segundo livro, o Português exigiu em seu camarim escadas giratórias para facilitar a troca de lâmpadas e um pisca-pisca novo para o seu carro, porque o dele às vezes funciona, às vezes não funciona, às vezes funciona, às vezes não funciona.

O Francês, o Americano e o Hippie só aceitaram entrar num avião de anedota que tem apenas um pára-quedas, se todos viajassem na primeira classe e a milhagem contasse em dobro.

Já o Papagaio, além de exigir quatrocentas galinhas no camarim, não aceita mais contracenar em suas piadas com urubus pintados de verde.

O cachorro chamado Nabunda só renovou seu contrato depois que concordamos em consultar um numerólogo e mudar seu nome para Nahbunddah.

O Judeu, em vez de doar seu polpudo cachê para a Sociedade Viva Cazuza, resolveu fazer a doação diretamente para o falecido compositor. Vai jogar o dinheiro para o alto. O que Cazuza pegar é dele.

A única contratação tranqüila foi a da Bichinha, que fez questão de sentar para negociar. Várias vezes ao dia. Até ficar toda assada.

Quando conseguimos reunir este elenco estelar, pensamos que os problemas haviam acabado, mas o projeto quase naufragou. Um acontecimento inesperado nos abalou profundamente. Nossos advogados e nossas sogras ficaram presos num edifício em chamas. Não havia tempo para salvar todos e uma dúvida dramática nos paralisou: que champanhe comprar para comemorar?

Manual de Instruções

Parabéns! Você acaba de adquirir um livro Casseta & Planeta de última geração, todo feito com componentes importados do Japão e montado na Zona Franca de Manaus. Se você quer aproveitar ao máximo a potencialidade desta publicação, siga corretamente as instruções abaixo:

1– Este livro é de fácil utilização. Para lê-lo, siga os seguintes passos:
a – abra o livro;
b – leia a primeira página;
c – ria após a leitura de cada piada (este passo é fundamental, sem ele o livro não produzirá o resultado esperado);
d – passe para a página seguinte;
e – repita esta operação por todas as páginas do livro;
f – após ler a última página, feche o livro.

2 - Se você por acaso não rir de nada, o defeito não é do livro. Chame um técnico pra ver se você não está desregulado. Se o técnico quiser te abrir pra mexer lá dentro, não permita. Só depois do casamento.

3 - Este livro funciona em corrente alternada ou com seis pilhas grandes. Se você estiver no meio do mato e der aquela vontade de ler o livro, ele pode ser ligado no isqueiro do carro.

4 - Esta versão do produto não está disponível para fumantes, fumantes passivos ou passivos de uma maneira geral.

5 - Se alguma página deste livro precisar de reposição, procure uma oficina autorizada Casseta & Planeta. Não esqueça de levar o certificado de garantia, nota fiscal, identidade, título de eleitor, atestado de bons antecedentes, certificado de reservista, um charuto do Bill Clinton autografado e 20 tampas de Margarina Cremosa Tabajara.

6 - Em caso de reclamação, ligue para o nosso serviço de Atendimento ao Consumidor, telefone dois-meia-mole-meia-mole-meia-dura. Falar com o Sr. Coisa Ruim ou Sr. Praga de Mãe.

Anedotas para boi dormir

Três cachorros na sala de espera do veterinário.
— Eu vou ser castrado — diz o primeiro. — Meu dono tem uma coolie maravilhosa que estava sendo preparada para um concurso. Mas eu não agüentei e mandei ver na cachorra. Meu dono ficou puto e mandou me castrar.
— Eu também vou ser castrado. A minha dona é gostosa pra caramba. Outro dia ela tava deitada na cama toda arreganha-

Como é que se chama um traficante armado até os dentes?
É melhor chamar de senhor.

da. Eu não agüentei e comi minha dona. O patrão viu e mandou me castrar.
— O meu dono também tava deitado de bruços na cama e eu não agüentei e carquei ele.
— E ele mandou te castrar?
— Não. Eu vim aqui só pra aparar as unhas.

Uma mulher entrou numa loja de animais. Gostou muito de um papagaio e, quando foi comprá-lo, o vendedor a advertiu:
— Minha senhora, esse papagaio é o único que eu tenho, e ele tem o temperamento muito rude e uma linguagem muito vulgar.
— Deixa comigo — disse a senhora. — Eu sei como tratar de animais assim.
Ela levou o papagaio pra casa e o colocou no seu quarto. Quando estava se vestindo pra dormir, ouviu o pássaro falar:
— Belas pernas, gostosa!
A mulher não titubeou: pegou o papagaio e o deixou três minutos no freezer. O animal, morrendo de frio ali dentro, percebeu que tinha falado besteira.
Na noite seguinte, quando a mulher estava trocando de roupa, o papagaio ficou calado. Mas quando ela tirou o sutiã, o bicho não agüentou:
— Que peitão, tesuda!
A mulher pegou o papagaio e o deixou por cinco minutos no freezer. Dessa vez ele teve ainda mais tempo pra pensar, pra se conscientizar de que não podia ficar falando essas coisas.
Finalmente a mulher abriu a porta do freezer e perguntou:
— Então, aprendeu a lição agora?

— Aprendi — respondeu o papagaio. — Mas eu só queria fazer uma pergunta.
— Pode fazer.
— O que esse peru congelado fez pra ficar assim? Pediu uma chupadinha?

Um ladrão arrombou um apartamento e estava se esgueirando lá dentro procurando dinheiro pela casa quando ouviu uma voz:
— Jesus está te olhando!
"Meu Deus, será que alguém me viu?", pensou assustado o ladrão. Logo ele escutou a voz de novo:
— Jesus está te olhando!
Já desesperado, achando que havia sido pego, ele percebeu que a voz vinha de um papagaio.
— Um papagaio? — perguntou aliviado o ladrão.
— É, sou eu mesmo — respondeu o papagaio.
— Você fala muito bem.
— Obrigado — respondeu o papagaio.
O arrombador resolveu continuar a conversa.
— Você mora aqui?
— Há mais de dez anos — respondeu o papagaio.
— Qual é o seu nome, papagaio?
— Luiz Henrique.
— Luiz Henrique? Que nome estranho pra um papagaio!
— Estranho? — respondeu o papagaio. — Estranho é Jesus pra um pittbull!

Impasse nas pesquisas para a cura da AIDS: os ratinhos de laboratório não aceitam ser enrabados.

Um sujeito foi caçar ursos. Logo que viu o primeiro urso, ele atirou e acertou o bicho. Mas, quando olhou pra trás, surgiu um urso muito maior com cara de poucos amigos.

— Você matou meu primo — disse o urso. — Agora você tem duas escolhas: ou eu como o teu cu ou eu te mato!

O sujeito deu a bunda pro urso e salvou a vida.

No ano seguinte, ele resolveu caçar ursos novamente. Assim que chegou à floresta, deu de cara com um urso e atirou. O urso caiu, mais eis que surge o ursão de novo.

— Você matou meu primo. Ou me dá o cu ou te mato!

O sujeito salvou-se de novo.

No ano seguinte aconteceu a mesma coisa. Ele matou um urso, apareceu o ursão, fez a proposta e ele salvou a pele de novo.

No sexto ano em que esta história se repetiu, o ursão não resistiu e perguntou:

— Vem cá. Você não vem aqui todo ano só pra matar meus primos, né?

Um morcego vampiro voa a noite toda coberto de sangue e resolve descansar em um forro de telhado. Sentindo o cheiro do sangue, uma porção de outros morcegos aparecem no telhado pra saber onde ele arrumou aquele sangue todo. Eles enchem tanto o saco do morcego que ele finalmente consente em mostrar o caminho.

— Sigam-me — diz o morcego.

Ele sai voando com centenas de morcegos atrás dele. Entra num vale, cruza um rio, finalmente chega a uma floresta.

— Vocês querem saber onde eu arranjei esse sangue? Tão vendo aquela árvore ali?

— Sim, sim, sim! — respondem animados os morcegos.
— Pois é. Eu não vi!

Um criador de porcos foi abordado por um fiscal:
— Como o senhor alimenta seus porcos?
— Eu dou lavagem, restos de comida e outras coisas que sobram.
— Então eu vou multá-lo por falta de higiene com a criação.
Um mês depois o mesmo fiscal apareceu de novo e repetiu a pergunta:
— O que o senhor tem dado aos seus porcos?
— Agora eu tenho dado musse, suflê de legumes e caviar.
— Então vou multá-lo por desperdício.
No mês seguinte, o fiscal fez outra visita:
— O que o senhor tem dado para seus porcos se alimentarem?
— Olha, eu tô dando dez reais para cada um. Eles comem onde e o que eles quiserem.

Três touros dominavam o rebanho quando ouviram falar que chegaria um touro novo no pedaço.
— Caramba — disse o primeiro touro. — Eu estou há cinco anos aqui. Nós já resolvemos nossas diferenças, já concordamos que 100 vacas são minhas. Não sei como é que vai ser com vocês, mas das minhas 100 vacas eu não abro mão!

Por que o Manoel ficou duas horas olhando fixamente pra lata de suco de laranja?
Porque estava escrito "concentrado".

— Eu estou aqui há três anos e 50 vacas são minhas — disse o segundo touro. — Não quero nem saber! Esse novato aí não vai ficar com nenhuma vaca minha!
O terceiro touro também deu a sua opinião:
— Bom, eu estou aqui há um ano. As minhas dez vaquinhas são minhas, ninguém tasca!
Aí chegou o novo touro. Um animal enorme, forte, musculoso, um portento! O maior touro que já tinha passado por aquelas bandas. O touro mais velho viu aquele bicho enorme e falou:
— Bom, pensando bem, eu posso dar umas vaquinhas pra ele. Pra que eu preciso de 100 vacas? É muito pra mim!
— É, 50 vacas também é demais pra mim! O garotão aí pode pegar quantas quiser! — disse o segundo touro.
O terceiro touro começou a bufar, a pular, a sacudir os chifres, a fazer um barulhão, como quem se prepara pra briga.
— Calma, rapaz — disse o touro mais velho. — Não cria caso. Você pode muito bem abrir mão de umas vaquinhas.
— É, pra que essa agitação toda? Só por causa de umas vacas — ponderou o segundo touro.
O terceiro touro, então, se explicou:
— Se ele quiser, ele pode ficar com todas as minhas vacas. Eu só quero que ele tenha certeza de que eu sou um touro!

Dois amigos se encontram.
— Ô, rapaz, foi bom te encontrar. Como é que foram as duas semanas de férias? Foi tudo bem na minha casa de campo? Valeu eu ter te emprestado as chaves?
— Ah, foi tudo ótimo. Só teve um probleminha: seu papagaio morreu.

— Como? Meu papagaio! Meu papagaio que veio da Amazônia! Que me custou uma fortuna! Como foi?
— Olha, ele morreu porque comeu carne de cavalo estragada.
— Que carne de cavalo estragada?
— Dos seus cavalos. Eles morreram de cansaço puxando uma carroça de água pra casa.
— Meus cavalos de raça! Meus cavalos premiados! Pra que eles estavam puxando uma carroça de água?
— Pra apagar o fogo.
— Que fogo, meu Deus?
— Da sua casa. Ela pegou fogo.
— Minha casa de campo? A casa que eu levei anos pra construir! Como é que ela pegou fogo?
— Bom, uma vela caiu bem na cortina; da cortina pra casa, foi um instante.
— Mas pra que vela se a casa tem eletricidade?
— Você há de convir que um velório fica muito mais bonito com velas.
— Que velório?
— Ah, eu esqueci de te dizer. O velório era da sua mulher. Ela chegou lá de madrugada sem avisar, eu achei que era um ladrão e atirei nela.
— Ah, meu Deus...
O sujeito não agüentou. Completamente desesperado, caiu duro no chão.
— Porra. Vai gostar de papagaio assim na puta que o pariu!

Como é que se faz um monte de velhinhas gritar "merda"?
– É só gritar "bingo"!

Anedotas que raspam o sovaco, fazem a virilha e só usam o retrovisor para retocar a maquiagem

Mulher no ginecologista. Depois de examiná-la, ele diz:
— Minha senhora, eu tenho uma boa e uma má notícia. A má é que a senhora tem fungos no clitóris.
— Ah, meu Deus, que horrível! E a boa notícia, doutor?
— São comestíveis!

Uma mulher vai ao médico.
— Doutor, eu queria ter seios maiores.
O doutor entrega a ela um rolo de papel higiênico.
— A senhora passa isso nos peitos todos os dias.
— E isso vai fazer meus peitos crescerem?
— É só olhar o que isso fez com a sua bunda.

No Iraque vale a lei do silêncio. Os dentistas faliram porque ninguém abre a boca.

A mulher vai a um ginecologista novo.
— Nossa! — comenta o médico. — A senhora tem a maior vagina que eu já vi na vida!
Ela chega em casa e resolve olhar ela mesma pra ver se o médico tem razão. Pega um espelho de parede, coloca no chão, tira a roupa, abre as pernas em cima do espelho e tenta ver sua vagina.
Nesse momento, seu marido chega do trabalho.
— Que é isso, meu bem? O que você está fazendo?
Constrangida, ela tenta disfarçar:
— Eu?... Bem, estou me exercitando.
— Ah, bom! Cuidado pra não cair no buraco, hein!

Três peruas falavam de seus maridos.
— Meu marido é muito rico — diz a primeira. — Ele me comprou dez casacos de pele e cinco anéis de brilhantes!
— O meu me comprou dois veleiros e um iate tão grande que 12 pessoas podem morar lá dentro! — gabou-se a segunda perua.
A terceira, então, falou:
— O meu marido é pobre, mas ele tem um pênis tão grande que 13 passarinhos podem ficar pousados nele.
Depois de um longo silêncio, a primeira perua falou de novo.
— Bom, na verdade, foi só um casaco de pele, e o anel nem era de brilhantes.
A segunda, então, falou:
— Bom, na verdade, meu marido só me deu uma lancha.
E foi a vez da terceira:

— É, eu também aumentei um pouco. Essa história de que 13 passarinhos podem ficar em pé no pênis do meu marido é mentira. O 13º passarinho só consegue ficar se equilibrando em um pé só.

A mulher, vagabunda que só ela, foi comprar sapatos vestida com uma minissaia e sem calcinhas. O vendedor ficou maluco quando foi ajudá-la a calçar os sapatos e, não agüentando, falou:
— Gostosa! Eu queria encher essa bucetinha de sorvete e chupar tudinho!
A mulher ficou injuriada e foi pra casa fazer queixa ao marido.
— Vai lá, marido, e dá uma porrada nele!
— De jeito nenhum! — responde o marido.
— Por quê, eu posso saber?
— Por três razões: primeiro, você não tem nada que ficar andando por aí de minissaia sem calcinha. Segundo, você não precisa mais comprar sapatos, já tem mais de 100 pares no armário. E terceiro, um cara que consegue comer essa quantidade toda de sorvete deve ser grande pra caramba!

Por que na época da ditadura os policiais andavam sempre em grupos de três? Um sabia ler, outro sabia escrever e o terceiro era pra controlar os dois intelectuais.

Adão estava lá no Paraíso tranqüilão, na boa. As coisas estavam tão calmas que já estava até ficando meio monótono. Adão sentiu que estava faltando alguma coisa. Então ele pediu pra Deus criar a mulher.

— Tudo bem — falou Deus. — Mas eu vou ter que tirar uma perna sua pra criar a mulher.

— A perna, não — pediu Adão. — Eu me amarro na minha perna. Tira outra coisa.

— Então vou tirar o pau.

— Tá de sacanagem, né, Deus? Se você tirar o meu pau, pra que eu vou precisar da mulher?

— É, tem razão. Então vou tirar um braço.

— O braço, não, Deus. Eu gosto muito dos meus braços; não quero ficar sem eles. Tira outra parte.

Deus pensou um pouco e finalmente deu a solução.

— Vamos fazer o seguinte, Adão: eu vou tirar uma costela. Mas vou logo avisando: vai ficar uma merda!

DIREITO DE RESPOSTA

POR CONSIDERAR A PIADA ANTERIOR OFENSIVA ÀS MULHERES, MACHISTA, CHAUVINISTA E PARECENDO INCLUSIVE COISA DE VIADO, O JUIZ DA 13ª VARA* DE JUSTIÇA CONCEDE O DIREITO DE RESPOSTA ÀS MULHERES.

* POR CONSIDERAR A DENOMINAÇÃO *VARA DE JUSTIÇA* UMA COISA MACHISTA E CHAUVINISTA, O JUIZ RESOLVE TAMBÉM TROCAR O NOME DESTA REPARTIÇÃO PARA 13ª XOXOTA DE JUSTIÇA.

• O que faz uma idéia no cérebro de um homem?
Eco.

• Qual a semelhança entre os dinossauros e os homens inteligentes?
Ambos estão extintos.

• Por que as pilhas são melhores que os homens?
Pelo menos têm um lado positivo.

• O que têm em comum os aniversários de casamento e o ponto "G"?
Os homens nunca acertam.

• Por que são necessários milhões de espermatozóides para fertilizar um único óvulo?
Porque os espermatozóides são masculinos e se negam a perguntar o caminho.

• Sabe como uma mulher se livra de 70 quilos de gordura inútil?
Pedindo o divórcio.

• Qual a semelhança entre os homens e um caracol?
Ambos se arrastam, têm chifres, são gosmentos e acreditam que a casa é deles.

Quando é que você sabe que sua cara é cheia de espinhas?
Quando um cego consegue ler nela.

Baianos, Cearenses, Mineiros e outros povos exóticos

Como é que se colocam 300 cearenses em um fusca?
Jogando um real dentro.
E como é que se tira?
Dizendo que é um táxi.

Um baiano deitadão na rede pergunta pro amigo:
— Meu rei, tem aí remédio pra picada de cobra?
— Tem. Por quê, você foi picado?
— Não, mas tem uma cobra vindo na minha direção.

Mineira transando com mineiro:
Mineira — Ocê tá precisando dar uma pintada no teto.
Mineiro — Só se ocê der uma bucetada na parede...

Um mineiro naufraga em uma ilha deserta e passa lá mais de 20 anos. Até que um dia encontra uma garrafa estranha na areia. Ele esfrega a garrafa e de dentro sai um gênio.
— Você tem três desejos, amo!
— Bom... — diz o mineiro — então, primeiro, eu quero... um queijo minas!
O gênio faz surgir um queijo minas.
— Qual é o segundo desejo?
— Segundo? Bom... eu quero... muito dinheiro!
O gênio faz surgir milhões de dólares.
— Terceiro desejo?
— Terceiro... eu quero... um queijo minas!
— Outro queijo minas? — estranhou o gênio. — Mas o senhor já pediu um e depois já pediu dinheiro!
— É, na verdade, eu queria pedir três queijos minas, mas eu fiquei com uma vergonha!...

Qual a semelhança entre escalar uma montanha e ter o pau chupado pela Whoopy Goldberg?
É melhor não olhar pra baixo.

Comédias que vi da privada

O sujeito está na rodoviária quando uma dor de barriga desgraçada o ataca. Ele não tem tempo de pensar em nada: sai correndo e entra no banheiro. O banheiro da rodoviária é obviamente infecto, a privada não tem tampo, mas ele larga seu barro ali mesmo. Quando está no meio da "obra", ele percebe que não tem papel higiênico no banheiro. Já meio desconsolado ele vê um furo na parede com uma plaquinha em cima. Ele lê a plaquinha:

"Enfie aqui o seu dedo e ele ficará limpo."

O cara fica felizão, acaba sua cagada, limpa com o dedo e enfia o dedo no furo da parede. Alguém do outro lado dá uma martelada no seu dedo.

Ele grita de dor, "Aaaauuuuuu!", coloca o dedo na boca e, "Mmmmmmmm", suspira aliviado.

O cara estava viajando em um avião moderníssimo, louco de vontade de ir ao banheiro largar um barro, mas o banheiro dos homens vivia ocupado. Depois de uma hora segurando, ele foi reclamar com a aeromoça:

— Por favor, preciso ir ao banheiro e está sempre ocupado. Você pode me ajudar?

— Olha só, por que o Sr. não utiliza o banheiro das mulheres? Só toma cuidado para não apertar nenhum dos quatro botões ao lado do vaso...

O rapaz foi para o banheiro das mulheres, sentou no vaso e se aliviou. Depois de acabar, resolveu dar uma olhada nos botões ao lado do vaso e ficou extremamente curioso. Eram quatro botões nos quais estava escrito: AM, SAQ, AT e RAT. Então ele pensou:

— Não pode acontecer nada demais; vou experimentar esse primeiro.

E apertou o botão AM. Um jato de água morna atingiu sua buzanfa.

Qual é a diferença entre circuncisão e crucificação?
Na crucificação eles jogam fora o judeu todo.

— Que maravilha!!! Assim é muito mais confortável... Ele, então, apertou o botão SAQ. Nesse momento foi acionada a Secagem com Ar Quente e ele se deliciou.
— Uau!!! Deve ser por isso que essas mulheres demoram tanto tempo no banheiro, que conforto!!!
Já mais tranqüilo ele apertou o terceiro botão, AT, e uma almofada de talco foi passada suavemente em suas nádegas. O rapaz foi ao delírio.
Então ele resolveu apertar o último botão, RAT...
Dois dias depois ele acordou num hospital, sem entender nada. Chamou a enfermeira e perguntou:
— O que aconteceu, onde estou?
— O Sr. está no Hospital Albert Einstein. Foi trazido para cá pela companhia aérea depois de apertar o botão do Removedor Automático de Tampax... Seu pênis está no vidrinho.

Cuba se Fidel

Fidel vinha andando pelas ruas de Havana, quando interceptou um cidadão cubano:

— O camarada está pensando em quê?

— No mesmo que o senhor.

— Então, você está preso!

Um cubano conseguiu fugir de Havana e chegar a Miami navegando dentro de uma lata de sardinha. Chegando lá, os americanos ficaram abismados com a façanha do cubano.

— Como é que você conseguiu?

— Olha, entrar dentro da lata de sardinha e navegar no mar agitado, fugindo dos tubarões, foi meio complicado. Mas difícil mesmo foi conseguir uma lata de sardinha em Cuba!

Se todos os maconheiros do mundo se dessem as mãos, quem é que ia apertar o baseado?

Dura Lex, Sed Lex, na piroca só Jontex

Dois advogados estão num banco quando um bando de assaltantes invade a agência. Rapidamente um dos advogados passa uma nota de 100 reais pro outro.

— Que é isso?

— Tô te devendo do jantar da semana passada.

Um advogado morre pobre e seus amigos resolvem fazer uma coleta para fazer o seu enterro. Pedem 50 pratas por cabeça. Quando vão pedir a contribuição para um primo da vítima, esse fica indignado:

— 50 reais pra enterrar um advogado? Toma mil e enterra 20!

Um motorista de caminhão passava o seu tempo na estrada atropelando advogados. Toda vez que ele via um advogado andando pela estrada, ele desviava seu caminhão e — Pumba! — atropelava o advogado. Um dia ele vinha pela estrada quando viu um padre pedindo carona. Deu carona pro padre. Dois quilômetros à frente ele viu um advogado andando pela estrada. Instintivamente ele começou a jogar o caminhão na direção do advogado quando se lembrou do padre ao seu lado e desviou a tempo.

— Desculpe, padre, eu quase atropelei aquele advogado.

— Tudo certo — respondeu o padre. — Eu peguei ele com a porta!

Por que mandaram embora o enfermeiro homossexual do banco de sêmen?
Por beber em serviço.

Entrando com bolas e tudo

Uma mulher estava aprendendo a jogar golfe com uns amigos quando uma abelha a pica no braço. Como um dos amigos é médico, ela lhe diz:

— Carlinhos, uma abelha me picou!

— Onde?

— Entre o primeiro e o segundo buraco.

— Olha, antes de mais nada, sua maneira de dar a tacada está errada. Você deve manter as pernas mais juntas.

Um americano, um japonês e um brasileiro estavam jogando golfe. No meio do jogo toca um telefone. O americano pede desculpas, coloca seu polegar esquerdo numa orelha, o seu dedo mindinho na boca e começa a falar como se estivesse ao telefone. Os outros dois ficam olhando com cara de bobos pro americano que rapidamente se explica.

— Oh, desculpa. É a última palavra em telefones celulares nos Estados Unidos. Eu tenho um chip no polegar e outro no mindinho. Uma beleza, né?

Eles continuam jogando, quando de repente toca novamente um telefone. O japonês encosta o ouvido no ombro e fala normalmente, como se estivesse ao telefone.

— É a tecnologia de ponta da telefonia japonesa. Um chip no dente, outro no ombro. Uma maravilha, né?

O jogo continua e mais uma vez ouve-se o som de um telefo-

ne. O brasileiro pede desculpas, vai pra trás de uma moita e arreia as calças. O americano e o japonês não entendem nada.
— O que você tá fazendo aí, ô brasileiro?
— Esperando um fax!

Uma mulher adorava boxe. Então ela mandou tatuar na coxa direita o Mike Tyson e na coxa esquerda o Evander Hollifield. Mas ela não ficou satisfeita com o resultado e procurou um médico pra tirar as tatuagens. O médico explicou que era um processo muito complicado e doloroso apagar as tatuagens, mas como ela insistiu muito ele resolveu examiná-la. Ela tirou a roupa, ele viu as tatuagens e deu o veredicto:
— Olha, a senhora tem razão, o Mike Tyson e o Hollifield estão muito malfeitos, mas o Don King no meio está perfeito!

Crise total no time do Fluminense. Caiu para a terceira divisão depois de um desempenho pífio na segundona. Aí chegou um novo técnico com a solução:
— É só botar esses jogadores pra correr dez quilômetros por dia.
— E você acha que isso resolve? — perguntou o repórter.
— Ah, resolve. Hoje é terça. Correndo dez quilômetros por

Pra que serve a espingarda de dois canos?
Pra matar dupla sertaneja.

dia, no sábado eles já estão a 50 quilômetros daqui. Em um mês esses cabeças-de-bagre já estão bem longe. A uns 300 quilômetros pelo menos!

OS ESPERMATOZÓIDES em 3 Piadas Esporrantes

Remédio falso é uma caixinha de surpresas.

Esse gênio da lâmpada é de 110 ou de 220?

Um brasileiro e um português estavam passeando quando acharam uma lâmpada mágica. Esfregaram e saiu um gênio.

— Eu sou um gênio e vou conceder-lhes três desejos. Só tem um problema: eu estou superatrasado. Então vou fazer o seguinte: toma aqui três ovos cada um. Quando vocês quiserem os desejos, vocês quebram os ovos e fazem os pedidos. Então valeu, tchau!

O gênio se mandou e os dois ficaram meio tontos, mas levaram os ovos pra casa. O brasileiro chegou em casa e quebrou logo o primeiro ovo.

— Eu quero muito dinheiro! — ele pediu. E logo tinha dinheiro em tudo que é lugar. No sofá, na geladeira, na cama, dentro do armário. Uma dinheirama.

Ele fez o segundo pedido:

— Mulheres!

E logo apareceu mulher em tudo quanto é canto da casa. Na cama, dentro da geladeira, debaixo do sofá. Uma beleza. Animadão, o cara fez o terceiro desejo.

— Um carrão.

E surgiu na porta de sua casa um carraço, último tipo, uma maravilha. Ele pegou o carro, botou a mulher mais gostosa ao seu lado e foi pra casa do português. Chegando lá, ele encontrou o portuga sentado no sofá, cabisbaixo.

— Pô, Manuel, o que houve, você não fez ainda os seus pedidos?

— Fiz.

— Então, cadê as mulheres, o dinheiro?

— Bom, eu cheguei em casa com os ovos e coloquei eles na geladeira. Quando eu fui pegar o primeiro pra fazer o meu pedido, ele escorregou da minha mão e se espatifou no chão. Aí eu gritei: "Caralho!" Foi caralho na geladeira, caralho na cama, caralho no armário, caralho em tudo que é lugar. Aí eu

Por que o cachorro lambe o saco?
Porque ele consegue.

peguei o segundo ovo, quebrei e pedi: "Sumam-se os caralhos!" Os caralhos todos sumiram.
— Sim, mas sobrou um ovo; o que você desejou com esse terceiro ovo?
— Meu caralho de volta!

Um casal estava jogando vôlei. O campo de vôlei era cercado de casas. Em uma das cortadas a bola acertou a janela de uma das casas. O casal resolve ir até a casa se desculpar por ter quebrado o vidro da janela. Lá chegando, eles batem na porta e uma voz os manda entrar. Logo na sala eles avistam uma garrafa quebrada no chão e um homem ao lado.
— Vocês que quebraram o vidro da janela? — pergunta o homem.
— Fomos nós mesmos, mas nós podemos pagar.
— Não precisa. Na verdade, eu devo agradecer. Eu sou um gênio e vivia preso há mil anos nesta garrafa que está quebrada no chão. Vocês me libertaram. Como prêmio eu devia lhes conceder três desejos. Como vocês também quebraram o vidro da janela, eu vou lhes realizar dois desejos e o terceiro desejo é meu.
— Legal — fala o marido.
— Qual é então o seu primeiro desejo?
— Eu quero um milhão de dólares por ano pelo resto da minha vida.
— Desejo realizado! — diz o gênio. — Segundo desejo?
— Eu quero uma mansão em cada país do mundo — pede a esposa.
— Desejo realizado!
— Agora, qual é o seu pedido? — pergunta o marido ao gênio.

— Bom, como eu estou há mil anos preso nesta garrafa sem fazer sexo, eu quero fazer sexo com a sua mulher!
O marido pensa um pouco, mas resolve consentir.
— Não tem problema, né, benzinho? — ele diz à esposa. — Ele já nos deu tanto dinheiro e tantas casas!
O gênio pega a mulher e leva pra um quarto onde ficam por mais de duas horas. Ao final eles voltam.
— Desejo realizado — diz o gênio pro marido. — Agora, me responde só uma coisa: quantos anos você tem?
— Trinta e cinco — responde o marido.
— E tu ainda acredita em gênios?

Um negro, um judeu e um branco estavam andando na rua quando encontram uma lâmpada. Eles esfregam a lâmpada e daí sai um gênio que promete um desejo para cada um. O judeu pede:
— Eu quero meu próprio país, onde eu possa viver em paz e harmonia, sem perseguições.
— Desejo realizado.
O negro pede:
— Eu quero meu próprio país, onde eu possa viver em paz e harmonia, sem perseguições.
— Desejo realizado.
O branco, então, pergunta:
— Ô gênio, me responde uma coisa: o judeu foi embora pro país dele?
— Foi — respondeu o gênio.

Carro de intelectual fica com o vidro embasado.

— O preto também foi embora pro país dele?
— Foi.
— Então — pediu o branco — eu quero só uma coca-cola!

Estrada é que nem mulher: cheia de buracos

Alguns dias após a queda do edifício Palace II, um sujeito estava parado com seu carro numa estrada completamente engarrafada. Nenhum carro se movia. Então ele vê um policial indo de carro em carro com um balde na mão. Quando o policial chega ao seu carro, ele pergunta:

— O que houve?

— É que o Sérgio Canaya parou o carro no meio da pista lá na frente. Ele disse que não tem dinheiro pra indenizar as vítimas do Palace II, que tá desesperado e que se não conseguir dinheiro ele vai se molhar todo de gasolina e tacar fogo. Aí nós estamos fazendo uma coleta pra ajudar.

— E quanto vocês já conseguiram?

— Um litro e meio.

Um homem está dirigindo seu carro por uma estrada quando um carro da polícia faz sinal pra ele parar. Um policial vem falar com ele:

— Meu amigo, você sabia que a sua esposa caiu do carro há dez quilômetros?

— Ah, graças a Deus! Eu pensei que tinha ficado surdo!

**Por que Adão e Eva eram cubanos?
Não tinham roupa, não tinham sapato, só tinham uma maçã pra comer e achavam que estavam no Paraíso.**

Uma mulher sensacional dirigia por uma estrada deserta do Texas quando seu carro quebrou. Um índio montado num cavalo logo chegou e ofereceu ajuda. Ela montou no cavalo e os dois foram em busca de um mecânico em alguma cidade próxima. A cavalgada foi normal, a não ser pelo fato de que o índio ia o tempo todo gritando "yahoo". Ele deixou a moça no mecânico e ainda deu seu último "yahoo".

— O que a senhora fez pra deixar esse índio tão excitado? — perguntou o mecânico.

— Nada. Só sentei atrás dele no cavalo e segurei forte na sela pra não cair.

— Minha senhora, índios montam sem sela.

Fados e fodas: o mundo incrível das piadas de português

Um padeiro português fazia confidências ao amigo.
— Minha mulher grita muito quando faz sexo.
— E qual é o problema?
— É que eu consigo ouvir lá da padaria.

Três portugueses conversando.
— Acho que minha mulher está a me trair. Achei uma bola de futebol debaixo da cama. Acho que ela está a me trair com um jogador de futebol.
— A minha também está a me enganar, e é com um motociclista. Achei um capacete debaixo da minha cama.
— A minha também, e é com um cavalo. Achei um jóquei debaixo da minha cama!

Por que o cérebro do surfista parece uma azeitona quando ele morre?
Porque incha.

Manoel e Joaquim passeiam pela rua quando um pombo caga em cima do Manoel.

— Vamos até aquele bar ali — propõe o Joaquim. — Eles devem ter papel higiênico no banheiro.

— Porra, Joaquim. Eu com a camisa toda cagada e você preocupado em limpar a bunda do pombo!

Manoel entrou no elevador.

— Pra que andar o senhor vai, cavalheiro? — perguntou o ascensorista.

— Qualquer um. Eu já errei de prédio mesmo!

Um brasileiro em Lisboa perguntou ao português:

— Por gentileza, sabe onde eu pego o ônibus para chegar à estação para pegar um trem?

— Nós cá não chamamos ônibus, mas autobus.

— OK. Sabe onde eu pego o autobus para chegar à estação para pegar um trem?

— Nós cá não chamamos estação, mas gare.

— Vamos lá, então: sabe onde eu pego o autobus para chegar à gare para pegar um trem?

— Nós cá não chamamos trem, mas comboio.

— Tá bom, tá bom. Sabe onde eu pego o autobus para chegar à gare para pegar um comboio?
— É aqui mesmo.
— A propósito, sabe como aqui se chamam os filho da puta?
— Nós não os chamamos; eles vêm por si mesmos, de Varig.

Plantão Casseta & Planeta

Qual é a diferença entre um homem e um porco?
O porco não se transforma em um homem quando enche a cara.

Família boa é família longe

O cara estava andando em sua moto quando cruzou com um amigo motoqueiro.
— Nossa, sua moto está maravilhosa. Qual é o segredo, meu irmão?
— É o seguinte: o que acaba com a moto é a chuva. Então, toda vez que chove eu passo uma vaselina nela e é tiro e queda, ela fica como se fosse nova.
O cara achou legal a dica, comprou um frasco de vaselina e foi se encontrar com a namorada pra irem almoçar na casa dos pais dela pela primeira vez.
— Olha, meu bem — explicou a namorada —, minha família é meio estranha. Ninguém pode falar durante o almoço. Quem falar alguma coisa tem que lavar a louça.
Eles chegaram na casa da moça e logo o cara reparou que havia louça suja pela casa toda. Pilhas e pilhas de louça suja. Durante o almoço, ninguém deu um pio. Um silêncio total. O cara foi ficando meio nervoso com aquela situação e resolveu sacanear. Pegou sua namorada e comeu ela ali mesmo, na frente de todo mundo. Ninguém falou nada. Ele então partiu pra cima da irmã da namorada e traçou a menina também. Nenhum pio na mesa. Ele atacou a mãe da namorada e todo mundo ficou quieto. Então ele olhou pela janela e viu que estava começando a chover na sua motocicleta. Ele pegou a vaselina do bolso e só então ouviu a voz do pai da moça.
— Tá bom, tá bom, eu lavo a porra da louça!

Uma senhora entra no quarto da filha quarentona e a encontra com um vibrador.

— Minha filha, o que é isso?

— Mamãe, eu tenho 40 anos, nunca tive um namorado, nunca me casei, então isso aqui é o meu marido.

Alguns minutos depois foi o pai que pegou a filha. Ela deu a mesma explicação.

— Papai, eu tenho 40 anos, nunca tive um namorado, nunca me casei, então isso aqui é o meu marido.

No dia seguinte, mãe e filha foram fazer compras no shopping. Quando voltaram pra casa pegaram o pai com um martíni numa das mãos e o vibrador na outra.

A mãe, horrorizada, gritou:

— Meu Deus, o que você está fazendo?

— Nada — respondeu o pai. — Estou apenas tomando um drinque com o meu genro.

Um sujeito entra no bar.

— Me dá aí seis cachaças! Dose dupla!

— Nossa! — diz o barman. — O senhor deve ter tido um dia daqueles!

— É. Descobri que meu irmão é gay!

No dia seguinte, a cena se repete.

— Que dia horrível o senhor teve, hein?

— É — diz o homem. — Descobri que meu filho é gay!

Mais uma semana e lá está o cara de novo no bar.

– Juquinha, o que você vai fazer quando for grande como eu?
– Dieta.

— Seis cachaças! Dose tripla!
— Porra, meu amigo! — diz o barman. — Será que ninguém gosta de mulher na sua casa?
— Gosta. Minha mulher!

Filhos? Melhor não tê-los. Mas se tê-los, como vendê-los?

O casal decide não falar mais de sexo na frente de seus filhos pequenos. Então resolvem falar em código.
Um dia o marido diz pra filha:
— Filha, fala pra sua mãe que o papai quer datilografar uma carta.
A filha dá a mensagem pra mãe, que responde:
— Diz pro seu pai que hoje não dá pra escrever a carta, porque a máquina de escrever está com a fita vermelha.
Alguns dias depois a mãe chama a filha.
— Filha, diz pro seu pai que ele já pode bater aquela carta.
A filha passa a mensagem pro pai e logo volta com a resposta.
— Manhê, papai mandou dizer que não precisa mais da máquina, ele já escreveu a carta à mão.

Rodrigo estava há mais de duas horas trancado no banheiro. Sua mãe, percebendo que o filho estava se masturbando, gritou da porta:
— Rodrigo! Isso que você está fazendo é muito feio. Bons meninos guardam isso pra quando estiverem casados.

**Saiu o novo Viagra supositório.
Pra curar bunda-mole.**

Uma semana depois a mãe pergunta pro filho:
— Rodriguinho, como é que você está se comportando com relação àquele problema sobre o qual nós conversamos na semana passada?
— Ah, mãe, muito bem. Já guardei quase um litro!

O sujeito está parado na porta de um boteco, quando vê um garoto com um cachorro enorme, todo pintado de vermelho, sendo puxado por uma corda amarrada nos testículos. Comovido com o sofrimento do cachorro, o sujeito aborda o garoto:
— O que é isso, meu filho? O que você está fazendo?
— Estou brincando de bombeiro!
Achando que seria mais fácil se entrasse na do garoto, o cara sugere:
— Então, por que você não amarra a corda no pescoço do cachorro? O seu carro vai ficar muito mais rápido!
— Eu sei — responde o garoto. — Mas aí eu fico sem a sirene!

— A senhora tem boneca da Barbie para vender?
— Tenho a Barbie ginasta, a Barbie noiva e a Barbie doutora por R$ 25 e a Barbie desquitada por R$ 250.
— Como assim?! Por que a Barbie desquitada é tão cara?
— Porque vem com o carro do Ken, a casa do Ken, os móveis do Ken...

Seção infantil

AS MELHORES PIADAS DO CASSETINHA

Papai, para que você possa ler este livro acompanhado por seus lindos pimpolhos, incluímos esta seção com piadas bem bobinhas e infantis.

Joãozinho chegou na farmácia e pediu:
— Moço, me dá um bund-aid!
— Não é bund-aid, garoto, é band-aid!
— Não, eu quero um bund-aid mesmo, é pra botar aqui atrás...

Joãozinho encontra a Mariazinha no recreio:
— Deixa eu botar meu dedinho no seu umbiguinho?
— Isso não é o meu umbiguinho.
— Tudo bem, isso aqui também não é o meu dedinho!

Qual é a melhor parte da educação sexual?
A prova oral.

— Moço, tem menininho de chocolate?
— Não, minha filha, mas tem menininha de chocolate, é a mesma coisa...
— Ah, eu queria comprar um menininho...
— Leva uma menininha, é a mesma coisa, querida!
— A mesma coisa nada, tá pensando que eu sou boba? No menininho vem mais chocolate!

O moço português vai comprar passagenzinhas na rodoviária. Na sua frente um outro moço fala:
— Aparecida. Ida.
Então, na sua vez, o moço português fala:
— Ubatuba. Uba.

O que o peixinho disse pra peixinha?
— Estou apeixonado!

O moço chega em casa do trabalho e encontra o outro moço que se chama Rogê.
O Rogê então falou:
— Ah, Jorge, tem alguma coisa me incomodando aqui atrás. Dá uma olhada pra mim?
Jorge olha e responde:
— Não tem nada aí.
— Não, Jorge, mas eu estou sentindo uma coisa estranha. É bem aqui no cuzinho. Bota um dedinho pra ver se descobre alguma coisa.
Jorge enfia um dedo.
— Não tem nada, Rogê.
— Mas eu estou sentindo, bota mais um dedo.
Jorge obedece.
— Não senti nada.
— Mas eu estou sentindo, coloca mais um dedo.
Jorge coloca três dedos, depois quatro dedos e não sente nada diferente.
— Mas, Jorge, tem alguma coisa me incomodando. Coloca a mão toda pra ver se descobre alguma coisa.
Jorge enfia a mão inteira dentro do cu de Rogê e, quando tira, vem com um relógio Rolex de cinco mil dólares no seu pulso.
— Que é isso, Rogê?
E Rogê, feliz, canta:
— Parabéns pra você, nesta data que-ri-da...

Como é que as mulheres surdas se masturbam?
Lendo seus grandes lábios.

EPA! OPA!
QUE PORRA É ESSA?
ESSA PIADA NÃO É PRA CRIANÇA!
ISSO É UMA PIADA DE VIADO!
TAMBÉM, Ô PAI IDIOTA. SAI LENDO QUALQUER COISA PROS FILHOS SEM VERIFICAR ANTES DO QUE SE TRATA!
AGORA VAI TER QUE FICAR DUAS HORAS EXPLICANDO PRO PIMPOLHO O QUE O RELÓGIO ESTAVA FAZENDO DENTRO DO CU DO BOIOLA!
QUERO VER EXPLICAR, MANÉ!

Isaac deu um pum? Não, deve ter caído

Um padre foi cortar o cabelo. Assim que terminou o trabalho, o barbeiro falou:

— Para um homem de fé, o corte é de graça!

O padre ficou muito agradecido e no dia seguinte mandou uma garrafa de vinho para o barbeiro.

Dias depois um pastor foi à barbearia. Ao final o barbeiro disse:

— Para um homem de fé, o corte é de graça!

O pastor ficou muito agradecido e no dia seguinte mandou uma caixa de bombons para o barbeiro.

Dias depois um rabino foi cortar o cabelo. O mesmo se repetiu.

— Para um homem de fé, o corte é de graça! — disse o barbeiro.

No dia seguinte, o rabino mandou quatro outros rabinos para a barbearia.

Uma unidade do exército israelense estava cruzando o deserto. Todos os soldados iam montados em camelos. De repente o camelo de um soldado pára e se deita no chão. O soldado faz de tudo, mas o camelo continuava ali, deitadão. Duas horas depois, o soldado e o camelo continuavam ali, quando chega um jipe com uma tenente do exército israelense.

— O que houve, soldado? — perguntou a oficial.

**Você conhece o Papai Noel judeu?
Ele desce da chaminé com um saco nas costas e pergunta: "Quem quer comprar brinquedo?"**

— Bom, tenente, o meu camelo parou aqui e não quer se levantar de jeito nenhum.
— Deixa comigo — disse a tenente. Ela se aproximou do camelo, colocou a mão debaixo da barriga do bicho. O camelo, então, deu um pulo e saiu correndo em disparada pelo deserto.
— O que a senhora fez? — perguntou o soldado.
— Simples. Apertei o saco dele — respondeu a tenente.
— Então é melhor a senhora apertar o meu saco também, porque eu preciso pegar esse camelo.

Uma judia levou seu noivo judeu pra conhecer seus pais.
— Muito bem, meu filho — disse o pai da noiva. — O que você faz na vida?
— Eu sou um estudioso da Bíblia.
— Ah, que interessante, admirável mesmo, mas como você vai dar pra minha filha uma casa grande e confortável como ela está acostumada?
— Eu vou estudar — respondeu o noivo — e Deus vai nos ajudar.
— E como você vai comprar um belo anel de noivado?
— Eu vou estudar muito e Deus vai nos ajudar.
— E os filhos? Vocês querem ter filhos, certo? Como você vai dar educação a eles?
— Eu vou estudar muito e Deus vai nos ajudar.
A conversa continuou até que chegou a mãe da noiva, que puxou o pai para um canto e perguntou:
— E aí, o que você achou do menino?
— Não tem emprego, não tem planos, mas a boa notícia é que ele acha que EU sou Deus.

Freiras não devem ter papas na língua

Qual é a diferença entre Jesus e um retrato de Jesus?
Só é preciso um prego pra pendurar o retrato de Jesus .

Três caras andavam pelo deserto há dois dias e estavam morrendo de fome e sede, quando avistaram um convento. Eles se arrastaram como puderam durante quatro horas, até chegarem lá. Bateram no enorme portão e pediram água, comida e repouso à freira que abriu.

— Sim, meus irmãos, mas para entrar aqui vocês devem consentir em serem castrados, pois homens não podem entrar no convento.

Os três desistiram. A freira já tinha dado água a eles, mas como sairiam dali? E o sol continuava a desidratar os três. Eles estavam quase morrendo. Foi quando um deles disse:

— A gente vai morrer de qualquer jeito. Vou topar a castração.

A freira veio e o levou para dentro. Depois de um tempinho os outros dois ouvem o barulho de um machado, e um grito. Os dois ficaram chateados com a sorte do amigo, até que o segundo também não agüentou mais e chamou a freira. Foi levado para dentro e logo depois o que estava fora ouviu o barulho de uma serra elétrica e um grito pavoroso. Tremeu de medo. Mas no terceiro dia não pôde mais agüentar e chamou a freira. Foi levado pra dentro. Então perguntou:

— Irmã, perdoe a curiosidade: Por que foi que ouvi primeiro o barulho de uma machadada e um grito do meu amigo e depois o barulho de uma serra e um grito do meu outro amigo?

— É que, de acordo com o ritual, cada um deve ser castrado com sua própria ferramenta de trabalho. O primeiro era lenhador, cortamos com machado; o segundo era serralheiro, cortamos com a serra elétrica.

O cara, então, começou a rir loucamente.

— De que você está rindo? — perguntou a freira.

— É que eu sou sorveteiro. Vocês vão ter que chupar até acabar!

Dois caras conversando:
— Eu tenho um quadro de Jesus atrás da minha cama e, quando eu faço sexo, Jesus Cristo aplaude.
— Grande coisa. Eu tenho um quadro dos apóstolos atrás da minha.
— E eles aplaudem quando você faz sexo?
— Não. Fazem uma *hola*!

O diabo desafiou Jesus Cristo pra um concurso de digitação. Cada um senta-se ao seu micro, o do Capeta naturalmente turbinado e cheio de novidade e Jesus com seu velho 486. Em meia hora ia se ver quem tinha digitado o maior trecho da Bíblia. Ao cabo dos primeiros cinco minutos já dava pra se ter idéia do resultado. O Tinhoso com 10 Kb contra menos de um do Nazareno, que catava milho com dois dedos. Aos 15 minutos era goleada. O Coisa Ruim com 50 Kb contra míseros 2 Kb do Filho, que não se apressava. E assim a coisa andou até que aos 28 minutos houve uma queda de energia e parou tudo. Pôncio Pilatos, o árbitro, disse que ficaria valendo o que tivesse sido digitado até ali. Volta a luz e, ao fazer-se a apuração, o Perverso constata, puto, que o seu micro assinalava 0 Kb enquanto o Senhor festejava a vitória com modestos 5 Kb.

Moral da história : SÓ JESUS CRISTO SALVA!

Você sabe que está ficando velho quando a única vez que você quer dar duas é antes de dar uma.

Louras burras e outros pleonasmos

Um policial parou uma loura dirigindo na contramão.
— A senhorita não está vendo aonde está indo?
— Não. Mas deve ser muito ruim lá. Tá todo mundo voltando!

Duas morenas e uma loura, todas grávidas, conversando.
— Eu vou ter um menino — diz a primeira morena —, porque quando eu transei eu estava por baixo.
— E eu vou ter uma menina — diz a segunda morena —, porque eu estava por cima.
— Oba! — comemora a loura. — Eu vou ter gêmeos!

Uma blitz pára o carro de uma loura sensacional.
— A senhorita estava correndo muito.
— Ah, não pode correr muito não? — perguntou surpresa a moça.
— Não. Posso ver sua carteira de habilitação? — perguntou o policial.
— Que carteira? — perguntou meio confusa a louraça.
— Deve estar na sua bolsa — explica o policial.

A loura leva alguns minutos procurando e finalmente encontra a habilitação.

— Os documentos do carro, por favor.

— O carro tem documento?

— Normalmente fica no porta-luvas.

Ela abre o porta-luvas e encontra o documento e entrega ao guarda.

— Eu volto em um minuto.

O guarda se afasta um pouco e vai até o seu carro. Liga pra central.

— Alô, sargento. Uma loura aqui, burra toda a vida, estava dirigindo a mais de 150 por hora.

— Uma loura maravilhosa num BMW vermelho?

— Essa mesmo.

— Vai até lá, devolve os documentos dela e tira o pau pra fora.

— Como é que é?

— Vai por mim, rapaz. Faz o que eu mando que você vai se dar bem.

O policial volta até o carro, devolve os documentos, abre o zíper e tira o pau pra fora. A loura olha aquilo e reclama.

— Ah, não! Outro teste do bafômetro!

O lutador de jiu-jítsu é como um pittbull, só que sem a capacidade intelectual do animal.

O que fazer com o seu dinheiro? Porque o meu já acabou há muito tempo

Um sujeito entra no banco e se aproxima de uma caixa.
— Eu queria abrir uma porra de uma caralha de uma conta!
— Como é? — assustou-se a moça do caixa.
— Eu quero abrir uma merda de uma conta, porra!
— Meu amigo, isso não é linguagem que se use! Isto aqui é um banco de respeito!
Nesse instante chega o gerente.
— Algum problema?
— É que eu ganhei na porra da Sena acumulada e quero abrir uma merda de uma conta de 50 milhões de dólares, caralho!
— Ah, entendi — disse o gerente. — Você quer abrir uma porra de uma conta e essa piranha dessa caixa escrota tá te atrapalhando?

Era o primeiro dia na cadeia do grande financista que deu um golpe milionário no mercado. Estava nervoso. Quando viu o seu companheiro de cela com cara de psicótico, ficou ainda mais nervoso.
— Calma, meu amigo — disse o companheiro de cela. — Eu também estou aqui por crime de colarinho-branco.

— Graças a Deus! — acalmou-se o financista. — O que você fez?
— Assassinei um padre!

Um rico executivo brasileiro foi pra Punta del Este pra apostar nos cassinos. Ele perdeu tudo que tinha, até as calças, e não tinha nada sobrando, a não ser a passagem de volta pra casa. Se ele conseguisse ir até o aeroporto de Montevidéu, ele voltaria pra casa e tentaria reconstruir a vida. Ele foi para a parte da frente do cassino, onde havia um táxi esperando. Ele entrou no táxi e explicou a situação para o motorista. Prometeu mandar o dinheiro assim que chegasse ao Brasil, e ofereceu seu endereço, o número do passaporte, seus números de cartão de crédito, todos os dados possíveis para o taxista poder confiar nele. Mas o taxista não confiou, e disse:
— Se você não tem 40 dólares, sai do meu táxi!
Então o executivo foi obrigado a pedir carona até o aeroporto, e quase perdeu o avião. Um ano depois, o executivo conseguiu reconstruir um certo patrimônio e voltou pra Punta pra tentar ganhar no cassino. E dessa vez ele ganhou bastante. Sentindo-se muito bem, ele foi pra frente do cassino para pegar um táxi pro aeroporto. E quem foi que ele viu no fim de uma longa fila de táxis? O taxista que não quis lhe dar crédito no ano anterior, quando a sorte não tinha sido tão boa. Buscando vingança, o executivo bolou um plano. Entrou no primeiro táxi da fila e perguntou:
— Quanto é pra ir até o aeroporto?

O que uma camisinha e uma esposa têm em comum?
As duas gastam mais tempo na sua carteira que no seu pau.

— 40 dólares — respondeu o motorista.
— E quanto é pra você chupar o meu pau no caminho? — perguntou o executivo.
— Sai do meu táxi, seu filho da puta! — foi a resposta do taxista.
O executivo entrou em todos os táxis e fez a mesma pergunta. Em todos os táxis a resposta foi a mesma: o motorista ficava indignado e o expulsava do carro. Finalmente, ele chegou no final da fila de táxis, onde seu velho "amigo" estava esperando.
— Quanto é até o aeroporto?
— 40 dólares — respondeu o taxista.
— OK, então vamos — disse o executivo. E enquanto o táxi passava pelos outros carros parados na fila, o executivo sorria e acenava feliz para os outros motoristas.

O show e o trem desgovernado não podem parar

Michael Jackson vai ao médico logo depois de sua mulher lhe dar o segundo filho.
— E aí, doutor, quanto tempo até poder fazer sexo?
— Pelo menos até o menino começar a andar.

Um ator que batalhava há anos trabalhar na televisão finalmente conseguiu um papel na novela das oito. Feliz, o ator ligou pra casa pra contar pra família.
— Pai, consegui um papel na novela das oito! Eu vou fazer um homem casado há mais de 30 anos com uma mulher!
— Que bom, meu filho! Na próxima novela você pode até conseguir um papel com falas, hein!

Qual é a semelhança entre um espermatozóide e um advogado? Só um em um milhão vira um ser humano.

Um sujeito vai ao médico com o braço todo inchado, todo amarelado e ferido. O doutor examina e pergunta:
— Onde o senhor trabalha?
— No circo.
— E o que você faz no circo?
— Bom — responde o homem —, eu trabalho com os elefantes.
— O senhor é o adestrador de elefantes?
— Bom, na verdade eu ajudo o adestrador. Eu sou o responsável por limpar a bunda dos elefantes. Eu enfio o meu braço no ânus do bicho e deixo tudo limpinho.
— Bom — disse o doutor —, taí o seu problema. O senhor tem que parar de fazer esse trabalho.
— Que é isso, doutor? E abandonar o show-business!?

Piada Eleitoral Gratuita

Uma mulher se casa pela quarta vez e, ao chegar à lua-de-mel, diz ao noivo que é virgem.

— Como virgem, se você foi casada três vezes?

— Bom, na primeira meu marido era gay e só se casou pra manter as aparências. Na segunda era um militar e tinha uma ferida de guerra justamente ali... e na terceira meu marido era um político tucano.

— E qual era o problema?

— Quando nós íamos para a cama, ele ficava o tempo todo contando como ia ser bom, como tudo ia ser maravilhoso, mas não acontecia nada.

O ministro sai em visita ao interior do país. Na primeira cidadezinha, ele encontra o prefeito, que lhe faz um pedido:

— Seu ministro, nós estamos precisando de uns 200 mil reais pra construir uma escolinha.

— Bom, sabe como é que é... a crise na Ásia... a globalização... tá difícil, mas eu vou ver o que posso fazer por você.

Na segunda cidadezinha, o prefeito também faz um pedido ao ministro.

Qual é a diferença entre uma perua rica e uma operária?
A operária tem orgasmos verdadeiros e pérolas falsas.

— Seu ministro, nós estamos precisando de uns dois milhões pra construir um presídio novo.
— Dois milhões? Claro! É pra já! Secretário, meu talão de cheques!
Enquanto ele preenchia o cheque, o seu assessor, estranhando o ato do ministro, comenta:
— Pô, ministro, o senhor recusa 200 mil pra construir uma escola e dá dois milhões pra um presídio!
— Qual é o problema? — pergunta o ministro. — Você acha que depois que eu largar a política eu vou voltar pra escola?

Em um avião viajavam o papa, Bill Clinton e um deputado brasileiro. Como era de se esperar, o motor começa a falhar e só havia um pára-quedas a bordo. Os três resolvem fazer uma eleição pra saber quem ficaria com o pára-quedas. Contaram os votos e o deputado ganhou. Ele veste o pára-quedas e se joga do avião. O papa, então, comenta.
— Temos que agradecer a Deus por um de nós ter podido se salvar.
— É verdade — disse Clinton. — Mas eu ainda não entendi como ele conseguiu os 2.345 votos!

Numa noite escura, voltando de uma carreata pelo interior, um ônibus lotado de deputados sai da pista, capota duas vezes e cai numa fazenda. O fazendeiro acorda assustado e vai ver o que aconteceu. Ao se deparar com aquela terrível visão, ele rapidamente começa a cavar um buraco, onde enterra os corpos. Alguns dias depois, um investigador bate à sua porta e faz várias perguntas sobre o acidente.

— E onde estão os parlamentares que foram vitimados no acidente?

— Eu enterrei eles naquela cova ali!

— Mas estavam todos mortos? — espanta-se o policial.

— Bem... alguns diziam que não... mas o senhor sabe como os políticos são mentirosos.

Bill Clinton pegou a Mônica Chupinsky e levou a moça pro Salão Oral. Lá dentro ele fez mil estripulias com a estagiária, inclusive enfiou um charuto na moça. Depois de acabada a farra, Clinton foi encontrar-se com Arafat e ofereceu o charuto ao líder palestino.

— Mmmhh! Esse charuto é cubano? — perguntou Arafat.

— Não — respondeu Clinton. — Esse é xoxotano mesmo!

Quantos homens são necessários para abrir uma lata de cerveja?
— Nenhum. Já deve estar aberta quando ela a levar para o sofá.

Piadas cabeludas, penteadas, descabeladas, carecas e com peruca

Um missionário vai para o interior mais selvagem da África. Passa anos com uma tribo, ensinado-os a ler e escrever e os preceitos da Bíblia. Principalmente não cometer adultério nem fornicação.

Um dia uma nativa dá à luz um bebê branco. A aldeia fica em polvorosa. O chefe procura o missionário.

— Homem branco nos ensinou que não pode pecar e agora uma mulher preta teve um filho branco. Você único branco na aldeia.

— Calma, meu bom homem — tentou explicar o missionário. — Você está enganado. Foi uma ocorrência natural, aquele bebê é o que nós chamamos albino.

O missionário olha pro campo em volta e vê umas ovelhas pastando.

— Tá vendo aquelas ovelhas ali, chefe? Todas são brancas, mas uma delas é preta. A natureza tem dessas coisas.

— Tudo bem — diz o chefe. — Você não fala nada da ovelha preta que eu não falo nada do bebê branco.

Um sujeito é preso em pleno Pantanal por ter matado uma ararinha azul, um pássaro em extinção. O sujeito foi a julgamento e na frente do juiz se defendeu:

— Eu estava perdido no Pantanal há três dias! Eu matei o pássaro pra matar a fome! Era uma questão de sobrevivência! Eu achei que era uma galinha! Por favor, me perdoem!
O juiz pensou bastante e, apesar do sujeito ter cometido um grave crime ecológico, resolveu inocentá-lo, acreditando em sua história. Depois do julgamento, o juiz não se conteve; aproximou-se do réu e perguntou:
— E aí, eu tenho uma curiosidade: qual é o gosto da ararinha azul?
— Ah, é parecido com o do mico-leão dourado.

Um homem vai a uma farmácia e pergunta se pode falar com o farmacêutico.
— Eu sou a farmacêutica — responde uma senhora atrás do balcão.
— Ah, então esquece.
O homem já estava indo embora da farmácia, quando a senhora o chama:
— Espera, meu senhor. Eu e minha irmã somos farmacêuticas há mais de 30 anos. Já vimos de tudo, temos muita experiência. Qual é o seu caso?
— Bom, já que a senhora tem tanta experiência, eu vou contar o meu caso. O negócio é que eu tenho um problema com minhas ereções. Quando eu fico excitado, o meu pênis não baixa por horas. Não adianta eu me masturbar, ter relações sexuais contínuas, nada adianta, o pênis não baixa de jeito nenhum. A senhora pode me dar alguma coisa pra isso?
— Bom — respondeu a velhinha —, eu vou lá dentro conversar com a minha irmã.

Por que Hitler odiava os judeus?
Porque não conhecia os argentinos...

A velhinha vai lá dentro e volta acompanhada de sua irmã, uma velhinha ainda mais velhinha. A velhinha fala:
— Olha, meu jovem, eu consultei a minha irmã, e o máximo que podemos dar é 500 dólares por mês e uma porcentagem nos lucros da farmácia.

José trabalhava numa fábrica de pepinos em conserva. Um dia ele chegou em casa meio estranho, silencioso. A mulher perguntou se estava acontecendo alguma coisa.
— Olha, mulher, eu tenho que te confessar uma coisa: todo dia, quando eu chego na fábrica, eu fico com uma vontade enlouquecida de colocar o meu pênis no cortador de pepino. É uma compulsão, uma coisa louca!
A mulher, muito compreensiva, procurou ajudar o marido, aconselhou-o a procurar um sexólogo, um psicólogo, enfim, ajuda médica. José tentou tratar a sua compulsão, e durante um tempo até conseguiu. Mas certo dia ele chegou em casa arrasado.
— O que houve, José? — perguntou a mulher.
— Fui despedido.
— Ah, meu Deus, por quê?
— Não resisti: coloquei meu pênis no cortador de pepino.
— Ah, não! E o que aconteceu com o cortador de pepino?
— Foi despedido também!

O operário da fábrica de cerveja morreu depois de cair num tonel de cerveja. Toda a fábrica foi ao enterro para consolar a consternada viúva. A viúva perguntou pro diretor da fábrica:
— Ele sofreu muito?

— Não sei — respondeu o diretor. — Ele saiu do tonel três vezes pra tirar água do joelho!

Um homem estava andando à noite por Belfast. Do outro lado da rua vem outro homem. Quando se cruzam, o homem coloca uma arma na cabeça do outro e pergunta:
— Você é católico ou protestante?
— Nenhum dos dois, nenhum dos dois! — responde assustado o sujeito. — Eu sou judeu!
— E eu — responde o cara com a arma — sou o árabe mais feliz da Irlanda!

Na pracinha da cidade existia, há mais de 100 anos, uma estátua de um casal abraçado. Um dia uma fada aparece de madrugada e dá vida à estátua.
— Vocês têm duas horas para fazerem o que quiserem — diz a fada.
— Nossa, então vamos fazer o que estamos desejando há 100 anos! — disse feliz o homem, e o casal esfuziante foi pra trás de uns arbustos e ficou por lá por mais de uma hora. Depois voltaram para o centro da pracinha. A fada então disse pra eles:
— Já? Vocês ainda têm quase uma hora. Aproveitem!
— Vamos voltar pra trás dos arbustos — propõe o homem.
— Tá bom — diz a mulher —, mas agora vamos trocar. Você segura os pombos e eu cago em cima!

Qual a diferença entre uma loura e uma tábua de passar roupa?
– É difícil abrir as pernas de uma tábua de passar!

Uma vendedora de cosméticos estava num elevador quando de repente soltou um peido. Ela prontamente tirou de sua bolsa um desodorante spray e deu uma vaporizada no ar pra disfarçar. Dois andares acima o elevador pára e entra um sujeito. Ele mexe o nariz estranhando o cheiro.
— Tá sentindo algum cheiro? — perguntou a mulher.
— É.
— Cheirinho de quê?
— Ah, é como se alguém tivesse cagado em um pinheiro.

O sujeito morreu e foi pro inferno. Quando percebeu que estava no inferno, ficou desesperado. O diabo chegou e tentou acalmar o homem.
— Por que você está tão chateado?
— O que você acha? Eu estou no inferno, porra!
— Calma — disse o diabão —, o inferno não é esse inferno todo. Quer ver? Por exemplo, você gosta de beber?
— É, gosto.
— Então você vai adorar as segundas-feiras. Tem tudo que você quiser beber: uísque escocês, vodca russa, cachaça, bebidas da melhor qualidade!
— Legal.
O cara já se animou um pouco.
— Você gosta de fumar? — continuou o diabão.
— Gosto.
— Então você vai adorar as terças-feiras. Charutos cubanos, os melhores cigarros do mundo, maconha, o que você quiser e sem ninguém te encher o saco. É uma beleza!
— Maneiro! — animou-se o sujeito.

— Você gosta de jogar?
— Me amarro!
— Então você vai adorar as quartas-feiras. Isso aqui vira um cassino. É roleta, black-jack, corrida de cavalo, pôquer. Uma jogatina do cacete!
— Demais!
O cara já estava entusiasmado.
— Você é gay? — perguntou o diabo.
— Não, por quê?
— Ih, rapaz. Então você vai odiar as quintas-feiras.

O Céu estava ficando muito congestionado. Então Deus decidiu modificar as normas para ingresso nos portões celestiais. A nova lei consistia no seguinte: para você ser admitido no Céu, o dia da sua morte deveria ter sido um dia realmente terrível.
Então, no dia seguinte, chega a primeira pessoa nos portões do Céu. O anjo encarregado do portão, lembrando-se da nova lei, prontamente pediu ao homem:
— Antes de você entrar, eu preciso que me conte como foi o dia em que você morreu.
— Sem problemas — disse o homem. — Há algum tempo eu vinha desconfiando que minha mulher estava tendo um caso. Todos os dias, na hora do almoço, ela trazia o amante pro nosso apartamento que ficava no 25º andar de um prédio e fazia sexo com ele. Então ontem eu fui pra casa pra pegá-los.

O que as louras colocam nas orelhas pra se tornarem mais atraentes?
— Os tornozelos!

Cheguei lá e entrei rapidamente, começando a procurar o tal rapaz. Minha esposa estava seminua, gritando comigo, enquanto eu dava uma busca por todo o apartamento. Mas não consegui encontrá-lo de jeito nenhum! Quando eu estava quase para desistir, olhei para a sacada do apartamento e percebi que havia uns dedos dependurados lá. O diabo do rapaz achava que poderia se esconder de mim! Então, eu corri lá pra sacada e bati nos dedos dele até que ele largou e caiu lá de cima. Mas você não pode imaginar a sorte dele, pois ele caiu em cima de alguns galhos que amorteceram a queda e ele não morreu. Num acesso de raiva, eu entrei no apartamento e peguei a coisa mais pesada que encontrei pra jogar em cima dele. Desliguei a geladeira da tomada e com raiva a atirei lá do 25º andar bem em cima dele. A emoção do momento foi tão grande que em seguida eu tive um ataque do coração e morri quase que instantaneamente.

O anjo sentou e pensou por alguns instantes. Tecnicamente o rapaz teve realmente um péssimo dia e o crime dele foi passional. Então o anjo disse:

— OK, senhor. Bem-vindo ao Reino dos Céus! — e deixou-o entrar.

Poucos segundos depois chegou o próximo da fila.

— OK, eis as regras: antes de deixá-lo entrar, preciso ouvir a respeito do dia de sua morte.

— Claro — respondeu o homem. — Eu estava na sacada do meu apartamento no 26º andar fazendo meus exercícios diários quando escorreguei e caí pela sacada! Por sorte, no entanto, eu fui capaz de me segurar na sacada exatamente abaixo da minha. Qual não foi a minha surpresa quando apareceu um homem maluco e ficou batendo nos meus dedos até que eu soltasse e obviamente caísse lá de cima. Eu caí em cima de algumas árvores e galhos que amorteceram minha queda, de modo que eu não morri de imediato. Quando eu estava lá, de rosto pra cima, incapaz de me mover e gemendo de dor eu vi o homem empurrar uma geladeira pela sacada. A geladeira

caiu exatamente em cima de mim e me matou.
O anjo ouviu a história, pensou e disse:
— Muito bem, bem-vindo ao Reino dos Céus! — e deixou o homem entrar.
Poucos segundos depois, o terceiro homem da fila chega ao portão.
— Conte-me como foi o dia em que você morreu.
— Tá legal, mas você não vai acreditar: eu estava pelado dentro de uma geladeira...

— Porra, minha vida é uma merda. Meu filho é viado, minha filha é lésbica, minha mulher dá pra todo mundo, eu estou desempregado e devendo uma grana pra um agiota.
— Nossa! Será que não tem nada positivo na sua vida?
— Bom, ontem eu fiz teste de HIV...

Por que as louras nunca ouvem walkman?
– Porque o som não se propaga no vácuo.

Piadas de saloon

John Wayne chegou à cidade. Desceu do seu cavalo e entrou no saloon.
— Me dá um uísque — pediu o caubói.
Ele bebeu o uísque e quando saiu não encontrou o cavalo. Voltou pra dentro do saloon e avisou:
— Se meu cavalo não aparecer até eu acabar de beber outro uísque, vai acontecer aqui o mesmo que aconteceu em Dodge City!
Virou-se pro barman:
— Agora me dá outro uísque.
O ambiente ficou muito nervoso no saloon. Tranqüilamente John Wayne bebeu sua segunda dose e saiu do bar. Lá fora ele encontrou o cavalo. Assim que ele montou no animal, um caubói meio assustado perguntou:
— Seu John Wayne, o que aconteceu em Dodge City?
— Eu voltei a pé pra casa!

Jesse James e sua gangue atacam um trem bem perto de Oklahoma City.
O famoso bandido entra à frente do bando no primeiro vagão e grita:
— Muito bem, todo mundo! Nós vamos estuprar todos os homens e roubar todas as mulheres!
Um capanga que estava próximo estranha.

— Jesse, desculpe, mas não seria roubar todos os homens e estuprar todas as mulheres?
Então, uma bichinha que estava no vagão grita:
— Não se mete, rapaz! Afinal, quem é que é o chefe desse bando?

Todo corpo mergulhado numa banheira faz tocar o telefone.

Frases de pára-choques

FRASES DE PÁRA-CHOQUE DE BANDIDO

Não sou batom, mas tenho umas bocas.

Vou rezar 1/3 para arranjar 1/2 de só cumprir 1/4 da pena.

Vida longa aos meus inimigos, para que eles assistam de pé a minha saída da cadeia.

FRASES DE PÁRA-CHOQUE DE BOIOLA

Se me vires abraçado com mulher feia, mulher bonita, mulher mais ou menos, enfim, qualquer mulher, pode apartar que é briga.

Vou rezar 1/3 para arranjar 1/4 pra fazer uma meia.

Mulher de amigo meu é que nem violino. Não quero nem ouvir.

Em casa de ferreiro, espeto de pau. Aliás, que pau, hein, gato!

Pilantrão Médico

Uma mulher entra apressada num hospital e assim que avista o primeiro homem de uniforme branco ela já vai contando o seu caso.

— Doutor, doutor. O senhor precisa me ajudar. Eu não consigo ter prazer em nenhum tipo de contato sexual.

— Bom, vamos ver... — responde o doutor. — Olha, eu vou precisar de um auxílio. Ô Vanderlei, ô Ribamar, me ajudem aqui com essa senhora.

Eles a levam para um consultório onde fazem sexo com a mulher de todas as formas possíveis e imagináveis. Ao final, extenuado, o Vanderlei fala:

— Realmente a senhora não consegue ter prazer de jeito nenhum. Por que a senhora não consulta um ginecologista?

Dois espermatozóides nadando:
— Falta muito para chegarmos ao útero?
— Útero? Ainda estamos na garganta...

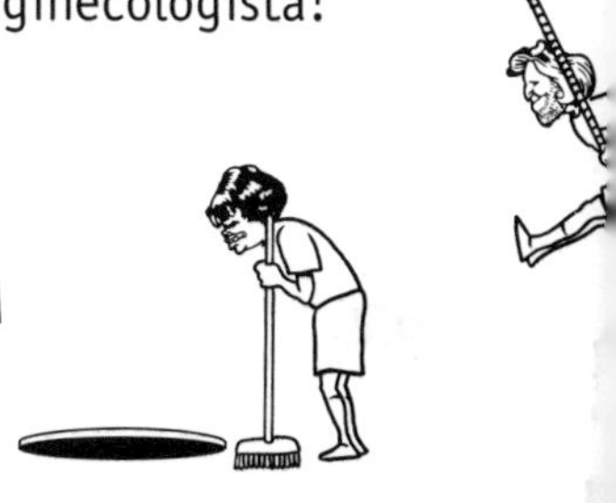

— Ué, vocês são o quê?
— Nós? Nós somos o pessoal da limpeza.

Um sujeito com muita dor de cabeça vai ao médico. Ao entrar no consultório, antes mesmo que ele se sente, o médico lhe dá um vidrinho.
— Faz xixi aqui.
O cara estranha, mas faz o xixi. O médico pega o vidrinho, examina detidamente e dá seu diagnóstico:
— O senhor está com uma tremenda dor de cabeça.
O sujeito ficou impressionado. Caramba! Só olhando o xixi!
Passa um tempo e o sujeito com uma unha encravada volta ao médico. O mesmo se repete: o médico pede pra ele fazer xixi, examina a urina do cara e pumba:
— O senhor está com uma tremenda unha encravada!
"Ah, não é possível!", pensa o sujeito. " Só com o xixi! Ah, não! Vou sacanear esse médico."
O cara vai pra casa, mija em um vidrinho, pede pra sua mulher e sua filha mijarem no mesmo vidrinho e, pra completar, ele pega um pouco de gasolina do carro e acrescenta à mistura. Ele leva o vidrinho pro doutor.
O médico pega o "xixi", examina bem, balança o vidrinho, olha de novo e, depois de um tempo, dá seu diagnóstico:
— Olha, o senhor não tem nada. Mas a sua mulher tá com sífilis, sua filha tá grávida e o seu carro vai bater o motor daqui a uma semana.

No quarto do hospital, um médico visita o paciente recém-operado.
— Sua operação foi um sucesso. Agora você já pode se considerar uma mulher de verdade.
— Mulher de verdade? Como assim, doutor?
— Ué, você não queria mudar de sexo?
— Queria sim, mas eu queria mudar o meu para um maior!

O homem chega ao consultório médico:
— Doutor, quero fazer uma vasectomia.
— Essa é uma decisão muito séria. O senhor já consultou sua mulher e seus filhos?
— Claro que sim, doutor. Os favoráveis ganharam por 15 a 2.

DOUTOR – Meu amigo, tenho más notícias. O senhor tem dez de vida.
PACIENTE – Dez o quê, doutor? Dez anos? Dez meses? Dez dias?
DOUTOR – Não. Dez, nove, oito, sete...

O que é preciso pra reunir os Beatles?
Mais três balas.

Médico para o paciente:
— Meu amigo, eu tenho uma boa e uma má notícia para você. A má notícia é que o senhor tem fortes tendências ao homossexualismo.
— Meu Deus, doutor! E qual é a boa notícia?
— A boa notícia é que eu acho você um gato!

O paciente foi ao médico e reclamou de fortes dores no estômago:
— Acho que foram as ostras que eu comi ontem.
— Elas estavam frescas? — quis logo saber o médico.
— Bem... não tenho certeza.
— Mas quando você abriu as conchas, que cor elas tinham?
— Ah, doutor! Tinha que abrir as conchas?!...

O cara sofria de amnésia e procurou um médico:
— Doutor, estou com uma terrível amnésia.
— Desde quando?
— Desde quando o quê, doutor?

O médico olha pra cara do paciente e pergunta:
— Eu já não tirei as suas amígdalas?
— Não...
— Não tirei seu apêndice?
— Não, doutor...
— Você não tinha uma namorada chamada Ana Maria?

— Tinha sim, doutor...
— Eu sabia que tinha tirado alguma coisa de você.

Um jovem ginecologista, recém-formado, atende uma garota de fechar o comércio. Ele pede pra ela se despir, mas abandona a ética profissional imediatamente quando a vê nua sobre a mesa ginecológica. Ele não resiste e passa a mão sobre aquela pele lisa e sensual.
— Você entende o que estou fazendo?
A moça responde:
— O senhor está fazendo um teste dermatológico?
— Exato — mente o médico.
Ele, então, acaricia os seios duros e empinados da moça. E novamente pergunta:
— Você entende o que estou fazendo?
— O senhor está verificando se eu tenho algum tumor no seio?
O médico mente mais uma vez:
— Exato!
Não resistindo, vendo aquelas pernas abertas, ele abaixa as calças e começa a comer a paciente.
— E agora, você entende o que estou fazendo?
— Sim, doutor. O senhor está contraindo herpes, que é o motivo pelo qual estou aqui.

O que Adão falou pra Eva quando teve a primeira ereção?
— É melhor chegar pra trás. Eu não sei de que tamanho esse troço vai ficar.

— Doutor, eu tenho que tomar estas pílulas pelo resto da minha vida?
— Qual é o problema? Muita gente toma pílulas todos os dias pela vida toda.
— Mas o senhor só me deu quatro pílulas!

MÉDICO – Eu tenho uma boa e uma má notícia. A má notícia é que, infelizmente, vamos ter que amputar suas pernas.
PACIENTE – Ah, não! E qual é a boa notícia?
MÉDICO – Conseguimos um comprador para os seus sapatos.

O sujeito resolveu fazer uma vasectomia. No meio da operação, o médico se descuida e deixa uma das bolas do sujeito cair no chão. Ele procura, procura, mas como não acha a bola, pede pra enfermeira trazer uma cebola pequena. O médico implanta a cebola e termina a operação.
Duas semanas depois o paciente volta ao consultório.
— E aí, tudo bem? — pergunta o médico.
— Bom, tudo indo. Na verdade, eu estou com um pequeno problema, doutor — admite o paciente.
— Qual é o seu problema?
— Toda vez que eu passo na frente de um McDonald's eu fico de pau duro!

Paciente no urologista.
— Doutor, eu estou com muita dor.
— O senhor reparou se já urinou pedrinhas?
— Pedrinhas? Pedrinhas, não lembro. Mas já urinei portas, postes e paredes.

Um sujeito vai ao médico.
— Doutor, tenho um sério problema de ejaculação precoce.
— Não se preocupe, eu tenho um ótimo método para curar isso. O senhor tem alguma arma?
— Tenho um revólver.
— Então o senhor faz o seguinte: quando estiver fazendo amor com sua esposa e sentir que vai ejacular, o senhor dá dois tiros pra cima. Assim a cabeça desanuvia um pouco e o senhor não ejacula precocemente.
— Legal, doutor! Muito obrigado.
Um mês depois o cara volta ao consultório.
— E então, a terapia deu certo? — pergunta o doutor.
— Nada. Foi um desastre!
— Como? O que aconteceu?
— Uma noite eu cheguei em casa e a minha mulher estava cheia de fogo. Nós começamos fazendo um 69. Quando eu senti que ia gozar, fiz como o senhor mandou, peguei o revólver e dei dois tiros pra cima.
— E aí?
— Aí, minha mulher me mordeu um ovo, com o susto me cagou na cara e ainda saiu de dentro do armário um cara gritando: "Não me mate! Não me mate!"

**Existem três maneiras de fazer alguma coisa:
Faça você mesmo, peça para alguém fazer ou proíba as crianças de fazerem.**

Por bares nunca dantes navegados

Um sujeito entra num bar e pede:

— Três pingas.

O balconista serve as pingas, mas não resiste e comenta:

— Olha, meu amigo, não tem problema nenhum o senhor beber três pingas, mas não é melhor pedir uma de cada vez?

— Eu vou te explicar. Eu tenho dois irmãos. Um foi morar em São Paulo, o outro foi pra Minas. Quando eles viajaram, eu combinei que ia beber desta maneira pra lembrar os bons tempos, quando a gente bebia junto.

O balconista entende a explicação do sujeito, que se torna um freguês regular: todo dia ele ia ao bar e fazia o mesmo pedido. Um dia ele chega ao bar e pede só duas pingas. O balconista percebe que algo tinha acontecido e diz:

— O senhor só pediu duas pingas. Eu queria lhe dar os pêsames por sua perda.

— Não, não aconteceu nada com meus irmãos, não. Eu é que parei de beber.

Um sujeito entra no bar.

— Me dá um uísque 18 anos.

O garçom serve a bebida. O cara bebe e reclama:

— Este uísque é oito anos! Não adianta tentar me enganar, não, que de uísque eu manjo!

O garçom serve outra dose. O sujeito bebe e cospe.

— Esta merda tem 12 anos. Eu quero 18 anos!
O garçom serve uma terceira dose.
— Ah, agora, sim. Uísque 18 anos!
Um bêbado que estava ao lado vendo tudo fica impressionado.
— Pô, meu amigo — diz o bêbado —, tu é foda! Tu manja disso pra cacete! Tu consegue dizer a idade dando um golinho?
— Modéstia à parte.
— Prova este aqui — o bêbado oferece um copo pro cara.
O cara bebe e cospe tudo.
— Porra, isso parece xixi!
E o bêbado pergunta:
— Quantos anos eu tenho?

— Garçom, olha aqui essa mosca na minha salada!!!!
— Calma. Ela vai se ferrar já, já! Olha só o tamanho da aranha que está saindo de trás da alface...

Como é que português imita viado?
Dando a bunda.

Quem casa quer caso

Uma perua foi passar uns tempos nos Estados Unidos. Gastou toda a grana que levou rapidamente. Com o pouco que sobrou ela só conseguiu passar um telegrama pro marido no Brasil:
PP, PP, PP.
O marido recebeu o telegrama e depois de duas semanas finalmente conseguiu decifrar:
Poupança Pouca, Pressa Providências, Possível Puta.
Indignado ele manda um telegrama de resposta:
CC, CC, CC.
Duas semanas depois a perua conseguiu decifrar:
Cuida Cu, Cobra Caro, Carinho Carlos.

Um sujeito vai comer a mulher.
— Ah, benzinho, hoje não. Hoje eu tô naqueles dias.
— Então hoje é cu!
— Ô, meu amor, é que eu comi alguma coisa que não me fez bem, eu estou desarranjada.
O sujeito vai até a cozinha e enche o pau de creme de chantilly.
— Benzinho, pra que isso?
— Vai dizer que tá com cárie também?

Marido e mulher estão jantando quando uma loura lindíssima se aproxima da mesa, beija o homem, vira as costas e vai embora.
— Quem é essa atrevida? — pergunta a mulher, indignada.
— Minha amante, ora.
— Amante? Pois eu exijo o divórcio já!
— Se você está disposta a abrir mão das jóias, da casa na praia, das férias todo ano na Europa, tudo bem...
Silêncio na mesa. Os dois continuam jantando, até que a mulher percebe, no mesmo restaurante, um amigo do casal com uma desconhecida.
— Quem é aquela mulher com o Rodrigo?
— É a amante dele, ora.
— Ah, nem se compara: a nossa é muito melhor! Não é mesmo?

O pênis do cara era tão grande que tinha prepúcio, púcio e pós-púcio.

Um jovem casal — ele míope, ela linda — namora no jardim.
— Querido, tire os óculos, porque eles estão machucando as minhas coxas.
Logo depois ela reclama:
— Amor, ponha os óculos de novo, porque você está comendo grama.

O cara grosseirão chega em casa reclamando:
— Porra, essa é a terceira vez que eu chego em casa esta semana e o jantar não está na mesa! A terceira vez! Assim não é possível!
A mulher não agüenta e explode:
— Não tem jantar mesmo! Nós temos quatro filhos! Eu tenho que dar banho neles, vestir eles, dar comida pra eles, lavar a casa, a roupa, a louça! Eu não tenho tempo pra nada! Não tenho tempo nem pra limpar a bunda!
Ele então fala:
— Isso é outra coisa que eu queria conversar com você!

Um sujeito vai ao médico, que lhe dá uma péssima notícia.
— Você tem seis horas de vida.
O sujeito fica desesperado, vai pra casa e resolve gastar o tempo que resta de sua vida fazendo sexo com sua mulher.
Fazem sexo uma vez. Ele pede pra repetirem, eles fazem sexo mais uma vez. Ele pede de novo e eles fazem sexo pela terceira vez.
— Ah, meu amor — pede ele —, vamos dar uma quarta?

— Ah, Valdemar, chega! Eu tenho que acordar cedo amanhã de manhã. Você, não!

O homem chega esbaforido em casa.
— Mulher, arruma as suas coisas que eu ganhei na loteria.
— Nossa, meu bem, que bom! Eu coloco roupa de frio ou de calor?
— Bota o que você quiser! — responde o marido. — Desde que você se mande dessa casa até meia-noite!

A mulher jaz moribunda na cama. Chama o marido, pega sua mão e fala com dificuldade:
— João, meu querido marido... eu tenho que te confessar uma coisa, neste momento em que estou quase indo...
— Não, meu bem, agora está tudo esquecido. Nada mais importa — responde o marido.
— Não, João, eu não posso morrer com este segredo, eu tenho que te revelar. João, eu dormi com o Alfredo, seu melhor amigo.
— Eu sei, meu bem — responde o marido. — E por que você acha que eu te envenenei?

Era um jogador tão ruim que, quando fazia um gol, no replay ele jogava pra fora.

O homem agonizava no leito do hospital, quando o médico chamou a esposa para uma conversa particular.

— Olha, minha senhora, o caso dele é muito grave. Ele anda sob muita pressão e, se as coisas não forem facilitadas, rapidamente ele vai sofrer outro ataque cardíaco. A senhora tem que ajudar tornando a vida dele a mais calma possível. Leve o café pra ele na cama, deixe a roupa dele sempre limpinha e bem passada, almoço e jantar na mesa na hora certa. Quando ele chegar do trabalho, tire o sapato dele, dê um banho nele, faça uma massagem. Nenhum estresse, entendeu?

— Claro! — respondeu a esposa.

Assim que o médico saiu, o marido curioso perguntou pra mulher:

— O que ele te disse?

— Ele disse que você vai morrer!

Um casal chega ao consultório de um terapeuta sexual.

— O que posso fazer por vocês? — pergunta o médico.

O homem responde:

— O senhor poderia nos ver fazendo sexo?

O médico olha espantado, mas concorda. Quando a trepada termina, o médico diz:

— Não há nada de errado na maneira como vocês fazem sexo.

Então cobra 40 reais pela consulta.

Isto se repete por várias semanas. O casal marca um horário, faz sexo sem nenhum problema, paga o médico e deixa o consultório. Um dia o médico resolve perguntar:

— Afinal, o que vocês estão tentando descobrir?

O cara diz:
— Nós não estamos tentando descobrir coisa alguma. Ela é casada e eu também. Eu não posso ir à casa dela nem ela pode ir à minha casa. No motel um quarto custa pelo menos 50 reais. Aqui nós trepamos por 40 e o meu plano de saúde ainda me dá 28 reais de reembolso!

A mulher está fazendo o curso de etiqueta. Quando está em casa, à noite, ela se irrita com a maneira um tanto rude com que o marido investe sobre ela.
— Olavo — diz ela, muito séria —, exijo bons modos na cama! Assim como tenho o direito de exigi-los na mesa.
Surpreso e aborrecido, o marido se levanta, vai até o espelho, penteia os cabelos, passa um desodorante e volta para a cama.
— Tudo bem agora? — pergunta!
— Está ótimo — responde a mulher.
— Então, quer fazer o favor de me passar a sua xoxota?

A esposa, muito gorda, surpreende-se, um dia, entalada no vaso sanitário. O marido esforça-se mas não consegue livrá-la.
— Não fique aí parado: peça ajuda ao zelador — diz ela.
O marido chama o zelador pelo interfone e, quando ele vem chegando, decide tapar o sexo da mulher com o primeiro objeto que

O que uma mulher de 40 anos tem entre os peitos que uma de 20 não tem?
O umbigo.

vê pela frente: o capacete do seu filho motoqueiro. O zelador chega, analisa a situação e, com ar entendido, dá seu parecer:
— Olha, acho que a mulher a gente salva. Agora, o motoqueiro, esse já era.

O rapaz leva a namorada para o motel. Chegando lá, ela tira a roupa, deita-se na cama, abre as pernas e sussurra com voz lânguida:
— Vem, me faz sentir mulher!
O rapaz tira as roupas, joga-as em cima da moça e diz:
— Toma, lava!

O sujeito chega em casa indignado e diz para a esposa:
— Encontrei aquele babaca do segundo andar metido a garanhão. Sabe o que ele me disse? Que já transou com todas as mulheres do prédio, menos uma.
E a esposa, prontamente, responde:
— Ah! Deve ser aquela nojentinha do sexto andar.

O casal já velhinho passava por uma crise financeira braba.
— É, mulher, não tem jeito! Você vai ter que rodar bolsinha.
— Mas, meu bem, não tem outra solução?

— Não. Vai logo! Vai rodar bolsinha.
A mulher vai à luta e volta na manhã seguinte.
— Quanto você conseguiu, mulher?
— Dez reais e dez centavos.
— Dez centavos? — estranhou o homem. — Quem te deu dez centavos?
— Todo mundo.

— Eu vim pedir a buceta da sua filha.
— Peraí, você não quer dizer a mão?
— Ah, não. Pra fazer com a mão, eu uso a minha mesmo!

Antes do casamento a noiva estava nervosa.
— Mamãe — ela disse. — Eu queria que você me dissesse como fazer meu marido feliz.
— Bom, minha filha — respondeu a mãe. — Quando duas pessoas se amam, se honram e se respeitam, o sexo pode ser uma coisa bonita...
— Mãe, eu sei como fuder! — interrompeu a filha. — Eu quero que você me ensine a fazer lasanha!

Qual é a diferença entre uma portuguesa e uma foca?
Uma tem bigodes e cheiro de peixe e a outra vive no mar.

Por que o homem solteiro é sempre magro e o casado gordo? Porque o solteiro chega em casa, abre a geladeira e diz "sempre o mesmo!", e vai pra cama.
O casado chega em casa, vai pra cama e diz "sempre o mesmo!", e abre a geladeira.

Sexo, sacanagens, safadezas e outras putarias

Copa da França. O jornalista, há 40 dias cobrindo a seleção, resolve cobrir outra coisa. Pesquisa junto aos amigos franceses e descobre que a melhor chupada de Paris é a de uma tal Brigitte. É caro, mas o sujeito tava na pior. Vai lá na Brigitte. Ela o atende em um apartamento luxuosíssimo. E a chupada da Brigitte leva o jornalista à loucura. Ao final ele não resiste.
— Brigitte, você é uma loucura. Quando me disseram que a sua chupada custava mil dólares eu não acreditei, mas vou te confessar: vale muito mais!
— Meu filho — respondeu Brigitte —, com essa chupada eu já comprei um condomínio.
O tempo passou, o Brasil foi ganhando e o jornalista não conseguia esquecer a Brigitte. Foi lá de novo e pagou três mil dólares pra comer o cu da Brigitte.
— Nossa, Brigitte, esse cu vale muito mais que isso!
— Com esse cu, meu filho, eu comprei um shopping center.
— Brigitte, você é uma loucura! Quanto você quer pra me dar essa bucetinha?
— Meu filho, se eu tivesse buceta eu era dono de Paris!

Qual é o homem mais popular numa praia de nudismo?
O que consegue carregar uma xícara de café em cada mão e 12 rosquinhas.

Um cara está na praia comendo uma mulher, mas o vento e a areia começam a incomodar o casal.

— Por que você não vai no carro pegar a minha canga? — sugeriu a moça.

O cara interrompeu a foda, foi até o carro e esticou a canga na areia. Recomeça a foda, mas o vento e a areia continuam atrapalhando, a canga se mistura com o casal.

— Assim não dá! Tá incomodando muito — reclamou a mulher novamente. — Meu bem, arruma alguma coisa para segurar essa canga!

O sujeito interrompe a foda pela segunda vez, anda pela praia até encontrar três engradados de cerveja Antártica. O cara pega os engradados e coloca cada um em uma ponta da canga. E recomeça a função, mas a ponta que sobrou livre continua incomodando a trepada do casal.

— Pelo amor de Deus, benzinho, arruma alguma coisa para segurar esta canga!!!!

E mais uma vez o infeliz interrompeu a foda para procurar algum objeto para segurar a ponta da canga que sobrava. Enquanto isso a moça ficou esperando de bunda pra cima. Foi aí que apareceu um bêbado e, vendo aquela mulher de bunda pra cima em cima de uma canga segurada por três engradados de cerveja, não teve dúvida e enrabou a mulher na hora. Quando terminou o serviço, o bêbado comentou:

— Só mesmo a Antártica pra fazer uma promoção destas!!!

— Doutor, estou muito preocupado. Meu pênis está ficando cor de laranja.

— Estranho — responde o médico. — Como é a sua rotina sexual?

— Normal. Tenho relações com a minha mulher quase todos os dias. Fazemos o que todo mundo faz.
— E quando a sua mulher não está?
— Ah, quando ela sai, eu deito na cama, coloco um filme de sacanagem no vídeo e fico comendo Cheesetos.

Um homem e uma mulher estavam sentados lado a lado dentro de um avião. O homem toda hora espirrava, tirava o pau pra fora e o limpava com um lenço de papel. A mulher, vendo aquilo, ficou horrorizada.
— Que absurdo! O senhor é um porco! Um nojento! Um tarado! Toda hora o senhor espirra e limpa o seu... o seu pênis! Que espécie maluca de tara é essa?
— Ah, minha senhora, mil desculpas por incomodá-la. É que eu sofro de uma doença muito rara. Toda vez que eu espirro eu tenho um orgasmo.
A mulher se acalma um pouco com a explicação "científica" do homem. Curiosa, ela pergunta:
— E o que o senhor está tomando pra isso?
— Pimenta no nariz!

Qual é a mulher mais popular em uma praia de nudismo?
A que consegue comer a última rosquinha.

Sua mulher ligou e deixou um ricardo

Um sujeito entra em casa e dá de cara com o médico da família comendo sua mulher.

— O que você tá fazendo aí, doutor?

— É... quer dizer... bom, eu estou tirando a temperatura da sua mulher.

O sujeito pegou uma arma e apontou pro médico.

— É melhor que essa coisa tenha numerozinhos escritos quando o senhor tirar daí de dentro!

O marido chega em casa e pega um homem debaixo da cama.

— O que esse homem está fazendo embaixo da minha cama? — pergunta indignado à esposa.

— Embaixo eu não sei, mas em cima faz maravilhas!!

O marido voltou mais cedo da viagem. A mulher estava na cama com o melhor amigo do sujeito. Quando ouviram o som do corno entrando em casa, o Ricardão saiu correndo pro banheiro. O marido entrou no quarto e encontrou a mulher ofegante na cama.

— O que você tem, benzinho?

— Não sei, acho que é um enfarte! — respondeu a mulher.

Nisso um dos filhos do casal entra no quarto e fala:
— Pai, tem um moço pelado no banheiro.
O marido vai até o banheiro e encontra o amigo nu.
— Valdemar, você não tem vergonha! Minha mulher tendo um enfarte e você aí assustando as crianças!

A mulher está no sofá no maior arrocho com o amante. De repente ela fala:
— O meu marido é um filho da puta!
— Por que você tá falando assim do corno?!
— Mas ele é um filho da puta mesmo! Veja só o que ele me aprontou. Ontem, eu estava deitada no sofá vendo televisão, ele chegou e colocou a mão na minha perna.
— Mas eu também estou colocando a mão na sua perna e não sou filho da puta!
— Depois, ele levantou a minha saia.
— Que é que tem? Eu também estou levantando a sua saia e não sou filho da puta!
— Mas, depois, ele tirou a minha calcinha!
— E daí? Eu também estou tirando a sua calcinha e não sou filho da puta!
— Mas, depois, ele me comeu!
— Eu também estou te comendo e não sou filho da puta!
— Mas, depois de me comer, ele me disse que estava com AIDS!
— Filho da puta!

Por que os lutadores de sumô depilam as pernas?
Pra não serem confundidos com feministas.

Todo bêbado é um porre

Um bêbado estava dando um mijadão no chafariz de um parque. Um guarda se aproxima e grita com o bebum:

— Tá maluco! O que você tá fazendo? Tem um banheiro público a 30 metros daqui!

— Trinta metros? — pergunta gritando o bêbado. — E o que você acha que eu tenho entre as pernas, uma mangueira?

Um bêbado entra no confessionário. O padre fica esperando a confissão, mas não ouve nada. Depois de alguns minutos, o padre dá umas batidinhas na parede.

— Esquece, meu irmão — responde o bêbado. — Aqui também não tem papel!

Depois de passar por todos os bares entre o trabalho e a sua casa, o bebum chega em casa às cinco da manhã e a mulher o recebe de cara feia:

— Isso são horas? Você é um imprestável!! Um vagabundo! Pra voltar a esta hora pra casa, é melhor nem voltar!

— Mas pra onde é que vou, se esse é o único lugar aberto a esta hora???

A mulher estava sentada em um bar. Ela era do tipo liberada, não raspava o sovaco e estava vestida com uma camiseta sem mangas. De 20 em 20 minutos ela levantava um braço pra pedir mais uma cerveja e todo mundo via aquele chumação debaixo do braço da moça.

Dúvida existencial das pulgas:
Haverá vida em outros cachorros?

Algum tempo depois um sujeito já bebum entrou no bar. Depois de algum tempo, ele chamou o garçom e falou:
— Eu queria oferecer um drinque àquela bailarina.
— Como é que você sabe que ela é bailarina? — perguntou o garçom.
— Pra levantar a perna naquela altura, só pode ser bailarina!

O cara chega em casa às quatro da manhã. A mulher o recebe puta da vida.
— Onde você estava, seu vagabundo? Na certa estava com uma sirigaita qualquer!
— Não! Eu estava num bar bebendo com os amigos. Um bar novo, sensacional! O bar se chama "O salão dourado". Tudo lá é de ouro!
— Mentira! Esse bar não existe!
— Existe sim. Tem uma porta maravilhosa toda dourada. O chão é dourado. Até a privada é dourada!
A mulher dormiu sem acreditar na história. No dia seguinte procurou na lista telefônica e achou um lugar com o nome "O Salão Dourado". Ela ligou pra comprovar a história do marido.
— Alô, é do Salão Dourado?
— Sim senhora.
— Vocês têm portas douradas?
— Sim senhora.
— O chão do bar é dourado?
— Sim senhora.
— Vem cá. É verdade que até a privada é dourada?
— Iiiih! Ô Zeca! — gritou o homem pra alguém no bar.
— Acho que já sei quem mijou no seu saxofone!

Apêndice

Publicamos aqui a Ata da 69ª Reunião da Real Academia de Sacanagem como subsídio para os leitores que não entenderam bem as piadas que envolvem sacanagem, putaria e introdução de objetos estranhos em lugares esquisitos.

ATA DA 69ª REUNIÃO DA REAL ACADEMIA DE SACANAGEM

A Seção Brasil da Real Academia de Sacanagem reuniu os membros e seus membros em assembléia extraordinária, realizada na cidade de Ponta Grossa, para discutir uma questão relevante. Depois da queda do muro de Berlim e do socialismo de maneira geral, muitas fronteiras mudaram no mundo. E qual a repercussão dessas mudanças no sexo?

MUDARAM TAMBÉM AS FRONTEIRAS DO HOMOSSEXUALISMO?

Desde o primeiro encontro da Real Academia de Sacanagem, a definição de homossexualismo era aceita como um dogma: "O homem que gosta de pau, sente simpatia, acha bonito esteticamente, já pe-

gou no de um amigo ou pensou seriamente no assunto é homossexual". Mas os tempos são outros e novas questões foram introduzidas no seio da sociedade (a introdução no seio, inclusive, será discutida em reunião posterior).

O sexólogo Eric Von Bussen, do Instituto de Vaginologia de Massachusetts, apresentou um caso a ser estudado.

UM HOMEM QUE SE DEIXA PENETRAR POR UMA MULHER COM UM PÊNIS DE PLÁSTICO É HOMOSSEXUAL?

O congresso ficou dividido. Os tradicionalistas voltaram a defender a opinião de que, tendo pau no meio, e sendo este meio, o meio de um homem, não resta dúvida: é viadagem.

A comitiva liberal de Campinas defendeu a tese de que, não sendo o parceiro um outro homem e não sendo o pênis de material orgânico, não há homossexualismo na relação. Com o que a representação japonesa concordou prontamente. Mas ao conhecerem as dimensões de um pênis de plástico ocidental, os japoneses, assustados, recuaram da sua posição e encostaram na parede para discutir o caso. Já os campineiros foram firmes e colocaram um valioso axioma: "Entre quatro paredes, vale tudo entre duas pessoas de sexos diferentes." Ao que o egrégio professor Von Bussen contestou com mais uma contundente questão:

UM HOMEM QUE SE DEIXA PENETRAR POR UM TRAVESTI COM UM PÊNIS DE PLÁSTICO É HOMOSSEXUAL?

Os tradicionalistas, irritados, manifestaram surpresa, não conseguindo levar a sério a dúvida do professor. Eles afirmaram que qualquer encontro entre um ho-

mem e um travesti, que não seja para encher o segundo de porrada, só pode ser coisa de viado. Mas a comitiva de Pelotas observou que se o travesti tiver se submetido a uma operação no Marrocos, ele perdeu sua condição de homem e, sendo o pênis inorgânico, trata-se de uma relação heterossexual como qualquer outra. O colombiano Fulvio Gimenez y Roblades, que até então se mantivera calado, pediu a palavra para argüir os liberais gaúchos:

UM HOMEM QUE SE DEIXA PENETRAR POR UM TRAVESTI OPERADO, MAS USANDO UM PÊNIS CONFECCIONADO COM MATERIAL HUMANO, É HOMOSSEXUAL?

Um bate-boca generalizado se instalou na assembléia. Durante horas não se chegou a nenhuma conclusão. Até que a alegre delegação de São Francisco argumentou: "Se o material utilizado for derivado do

pênis extraído do próprio travesti, não há dúvida, existe um certo grau de boiolismo envolvido nesta relação. Mas se o pênis em questão foi manufaturado com o material orgânico de um terceiro, não há homossexualismo."

Os tradicionalistas, cada vez mais enfurecidos com os rumos da discussão, propuseram a aprovação imediata de uma moção: "homem que gosta de chupar pau e dar o cu é viado". Entre murmúrios gerais, a reunião ia se encaminhando para um bom termo, uma vez que parecia não haver argumento capaz de derrubar esse postulado. Mas o incansável professor Von Bussen apareceu com mais uma de suas brilhantes ponderações:

O HOMEM QUE CHUPA O PRÓPRIO PÊNIS E ENFIA O PRÓPRIO PÊNIS NO PRÓPRIO ÂNUS É HOMOSSEXUAL?

Os japoneses resolveram se retirar da reunião por considerar a proposição fantasiosa e inexeqüível. Os tradicionalistas continuaram firmes nas suas posições anteriores e voltaram a afirmar: "Tem cheiro de cu queimado é baitolice!"

Mas as delegações de Campinas, Pelotas e São Francisco se reuniram para avaliar a questão e chegaram à seguinte conclusão: "Se o sujeito em questão estiver sentindo prazer no seu próprio ânus, pode haver uma certa tendência homossexual, mas se o rapaz estiver sentindo prazer no seu próprio pênis é apenas um prazer solitário".

Os tradicionais voltaram a tumultuar o ambiente exigindo que o Congresso tomasse uma atitude de macho e definisse de uma vez por todas que:

"Quem gosta de pau de homem, não interessa sexo, cor, credo, tamanho, família ou propriedade, é homossexual". Mais uma vez a mente iluminada do ilustre pensador

colombiano Fúlvio Gimenez Y Roblades fez-se presente com uma colocação para lá de pertinente:

O SUJEITO QUE CHUPA O PÊNIS DE UM CACHORRO É HOMOSSEXUAL?

Mais uma vez os debates se acirraram. Alguns grupos tentavam observar que dependeria da raça ou do pedigree do animal. Ninguém conseguia resolver se o sujeito em questão era ou não homossexual, mas finalmente o congresso aprovou alguma coisa com unanimidade: "O sujeito que chupa o pênis de um cachorro pode não ser viado mas, com absoluta certeza, é um porco!"

E assim se encerrou mais um encontro da Real Academia de Sacanagem - Seção Brasil, que se reunirá em breve para discutir as seguintes questões:

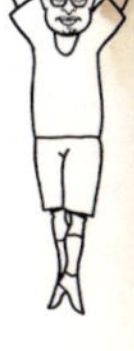

1) A MULHER QUE SÓ TRANSA COM TRAVESTI É LÉSBICA?

2) E A MULHER QUE SÓ TRANSA COM TRAVESTI OPERADO É LÉSBICA?

3) UM TRAVESTI OPERADO ARREPENDIDO, QUE REIMPLANTOU UM PÊNIS DE PLÁSTICO PARA ENRABAR UMA MULHER, É LÉSBICO?

ÍNDICE REMISSIVO

A

B

C

D

E

F

markgraph
Rua Aguiar Moreira, 386 - Bonsucesso
Tel.: (021) 564.1056 Telefax.: (021) 270.9656
Rio de Janeiro - RJ